김지하,
타는 목마름으로
생명을 열다

김지하 시인 추모문집

타는 목마름으로 생명을 열다

김지하시인추모문화제추진위원회 편

도서 모시는사람들

일러두기

1. 이 책은 2022년 5월 8일 김지하 시인 타계 이후 여러 매체에 발표된 추모의 글과, 6월 25일 서울 천도교중앙대교당에서 열린 김지하 선생 49재 추모문화제에서 발표된 추모글을 중심으로, 5월 8일~11일의 장례식, 8월 27일 목포 김대중노벨평화상기념관에서 열린 추모행사의 기사와 사진 등을 모아 편찬한 것입니다.
2. 이미 발표된 글들을 일부 편집하고 수정하여, '단행본' 체제에 맞추어 재편집하였습니다.
3. 본문의 글은 사투리나 비표준어 등을 포함하여 가급적 원문을 살려 수록하였으며, 명백한 오자와 탈자만 수정하였습니다.
4. 이 책의 분류와 수록 순서는 임진택의 책임으로, 글쓴이의 활동 부문이나 글에서 주로 언급된 주제가 흐름을 갖도록 편집한 것입니다.
5. 이 책의 사진들은 박옥수·장성하·김봉준의 도움과 제공으로 수록하였습니다.
6. 연보와 작품 목록 중 누락된 것은 알려 주시면 추후 보완하겠습니다.

그래도 김지하 시인을 따듯하게 보냈다

　지난 5월 8일 떠난 김 시인의 원주 상가는 멀고 코로나 재난마저 겹쳐 쓸쓸했다. 험하고 스산한 세월 속에서도 마음만은 넉넉했던 우리들이 이렇게 김 시인을 보낼 수 없다고 생각하여 49재가 되는 6월 25일 서울에서 추모문화제를 갖자고 정했다. "김지하와 함께 한반도의 해방과 민주, 생명 평화를 꿈꿨던 분들은 부디 그의 명복을 빌어주시고, 가슴의 응어리가 있다면 푸시도록" 초청하자고 했다. 김지하 시인 특유의 '어깃장'이 있었어도 해원 상생의 뜻을 품은 원근의 많은 벗들이 함께해 주셨다.

　해원상생을 앞세우자니 초청인 대표로 종교인들이 나서주셔야 했다. 함세웅 신부님, 정념 스님, 이홍정 목사님, 박상종 교령님, 이선종 교무님이 그분들이다. 같은 길을 걸어오며 말년의 김 시인 '어깃장'에 애간장을 태운 신경림 원로시인, 염무웅 문학평론가, 황석영 작가, 김용옥 교수를 비롯한 많은 지인들이 훌훌 털고 추모제에 초청인으로 나서주셨다. 특히 김지하 시인이 감옥에 갇힐 때마다 그의 구명과 석방을 위해 일본과 세계 지성들의 지지와 참여를 이끌어내고 헌신해 주신 미야타 마리에 여사께서 노구를 이끌고 참석해 주시고 추도사를 손수 낭송해 주신 데 대해서 감사드린다.

1970년에 김지하 시인이 발표한 '오적'에 이은 그의 일련의 시작詩作과 문예 활동은 박정희 정권의 영구집권 기도와 민주-인권 탄압에 정면 저항하는 메시지를 국내외에 던지면서 비상한 관심을 불러일으켰다. 풍자와 저항을 담은 시와 노래, 판화와 전통 민중연희탈춤, 마당굿, 판소리가 대학과 지식인 사회에 반독재 민주화운동뿐만 아니라 새로운 문화운동으로서도 충격을 던졌다. 일제의 식민지배 속에서도 생명력을 이어온 춤사위, 판소리 운율 등을 민주화운동에 접목시키는 작업이 바로 전통사상과 문화를 새롭게 한국의 현대사회에 전승시키는 문화운동이라는 사실을 국내외의 문화예술인들, 평론가들과 학자들이 주목하기 시작했다. 망국·식민지배·전쟁·분단·독재·가난의 대명사처럼 되어 있던 한국, 그 반독재 민주화 투쟁 속에서도 소외되어 있던 동학 등 민족종교에 대한 관심이, 토착적 자주적 사상이 민족문화의 힘으로 분출하기 시작했다.

안보 투쟁에서의 패배와 진보세력의 대분열로 크게 침체에 빠져 있던 미야타 마리에 선생을 비롯한 당시 일본의 지식인들에게 김지하의 신선한 문화투쟁은 동북아시아의 민주와 평화라는 당면과제에 대해, 한국과 일본의 역사 해석에 대해 비판적 성찰을 불러일으키는 계기를 제공했다.

한반도의 분단과 독재, 숨막히는 문화적 사상적 폐쇄성에 대한 김지하의 투쟁은 그 자신부터 극복하는 과정이기도 했다. 한일협정 반대 학생운동에 참여하기 전까지 김지하는 자신을 스스로 모더니스트, 슈르레알리스트라고 평가하기도 했다. 그랬던 그가 당면과제에 대응하는 투쟁에 민족 구성원 안에 연면히 이어져 온 종교적 문화적 감성을 접목시키는 작업에 착수했던 것이다. 전통적 내재적 접근을 통해서 제국주의적 외세의 침략 앞에 억압당하는 자가 자기 정체성을 세우고 세계적 보편성에 다가선다는 것을 보여주려 했다. 그는 동학과 전봉준의 봉기가 조선 근대화의 근본이어야 한다고 확신했다.

다른 무엇보다 김지하의 문화적 메시지가 오늘의 한류의 원류였음을 인식해야겠다. 부자와 강대국이 아니라 짓밟히고 고통받은 자로부터 분출하는 문화가 세계인의 마음을 움직인다는 평범한 진실을 확인해준다.

김지하 시인이 1970년 「오적」으로 구속되었다가 석방된 뒤 신문회관지금의 프레스센터 회의실에서 강연회를 가진 다음, 몇몇 친구들과 개인적인 소회를 밝히는 기회를 가졌다. 당시 박정희 정권은 1971년 대통령 선거를 앞두고 4.19혁명 세대와 6.3한일협정 반대투쟁 세대의 학생운동 출신 인사들에게 미국으로 유학을 가도록 회유하고 있었다. 여러 인사들이 떠나고 있었다. 누구인가 김 시인에게도 그런 제안이 있었는지 물었다. 그는 이렇게 대답했다.

"이 나라는 3면이 바다로 둘러싸여 있고 북쪽은 철조망으로 가로막혀 있다. 마치 큰 자루 속에 갇혀 있는 것 같다. 그런데 정권은 자신에게 필요할 때는 자루 속으로 손을 집어넣어서 쥐 한 마리 꺼내 들 듯이 '여기 빨갱이 한 마리 있소' 하고 소리 지른다. 이런 나라를 피해 미국으로 가란 말인가. 나는 챙피해서도 못 가겠다. 여기서 쭈그리고라도 살아야겠다."

그리고 그는 그 말대로 살았다. 죽음을 살아낸 다음에 생명-평화에 마음을 쏟았다고 누가 감히 그를 타박할 수 있겠는가. 젊은 시절 '타는 목마름으로' 민주주의를 갈망했던 그는 '죽임' 앞에서 처절한 사투를 벌인 끝에 마침내 '생명'이라는 깨달음에 다다랐고, '감옥 밖 감옥에서' 다시 타는 목마름으로 '생명 세상'을 외치고 갈구하다 기진하여 스러졌다. 그가 치열한 구도와 수난의 과정에서 기필코 열어 보려 했던 그 '생명의 문'을 이제 우리가 열어내야만 한다.

최근 염무웅 선생은 김 시인이 1975년 3월 동아일보 「고행 1974」 옥중수기에 인혁당 고문 용공조작 사실을 밝히고 다시 박정희의 사형장으로 걸어 들어간 용기만으로도 자신에게 맡겨진 역사적 소임을 충분히 한 것이라고 말했다.

자루 속 같은 분단 한반도 남쪽에서 힘들게 살다간 김지하 시인에게 '애 많이 썼다'고 위로해주고 싶다.

많은 벗들과 후배들의 추도 속에 김 시인도 편안한 마음으로 명부에 들어가셨기를 바란다.

2022년 11월 24일

김지하 시인 추모문화제 추진위원회 위원장 이 부 영

---

* 이 원고는 6월 25일 거행된 김지하 시인 추모문화제의 '모시는 말씀—김지하 시인을 따듯하게 보내고자 모십니다'를 단행본 출간을 위해 고쳐 쓴 것이다.

차례

김지하, 타는 목마름으로 생명을 열다

추도

"하느님! 주님께서 죄악을 헤아리신다면 감당할 자 누구리이까?" 시편 130,4

함 세 웅
신 부

우리는 오늘 이곳 천도교당에서 김지하 시인을 기리며 인내천人乃天의 가르침을 되새깁니다.

저는 1970년 6월 로마 유학 시절, 노동신문에 실린 「오적」을 읽었습니다. 재벌, 국회의원, 고급 공무원, 장성, 장·차관을 고발한 판소리 가락의 이 담시는 힘 있고 흥이 넘친, 그러나 무섭고 날카로운 예언자적 고발 문학이기도 했습니다. 먼 이국땅에서 우리는 조국과 하나 된 마음으로 이 담시를 판소리 음률에 맞추어 크게 읊으며 기도했습니다.

1974년 민청학련 사건으로 구속된 지학순 주교님과 함께 우리 사제들의 귀에 익은 김지하 시인, 1975년 2월 15일 구속 집행정지로 석방된 그는 응암동 성당으로 저를 찾아 왔습니다. 첫인사는 "아니, 신부님, 이렇게 작으신 분이셨어요? 신문 사진을 통해서는 굉장히 키 큰 분인 줄 알았는데 신기하네요!"라는 말이었습니다. 그날 우리는 많은 대화를 나누었습니다.

그는 그해 3월 13일에 「고행-1974」로 다시 구속되었습니다.

4월 어느 날 윤형중 신부님께서 저를 부르셨습니다. 그리고 오전에 한 출소자가 갖고 온 김지하 시인의 편지를 제게 주셨습니다. "그의 양심선언입니다."

그리고 그를 사형에 처하려는 박정희 정권의 음모를 감지한 문인들과 우리 사제단은 힘을 모아 "김지하 문학의 밤"을 개최하면서 그의 석방을 염원했습니다. 그 후 김 시인의 어머니는 자주 성당을 찾아오셔서 함께 기도하고, 어느 날에는 저의 어머니와 함께 주무시기도 하셨습니다.

김 시인 어머니의 유머 감각과 순발력에서 저는 그의 천재성이 모친으로부터 연유되었음을 확인했습니다.

1976년 3월 1일 명동성당 민주구국선언 사건으로 저도 서대문 구치소에 갇혔습니다. 어느 날 밤 김 시인이 제게 비둘기를 날려 보냈습니다.

"신부님, 반갑습니다. 기도하시면서 운동도 많이 하세요. 앉아만 계시면 치질 걸릴 위험이 있으니 꼭 담요로 방석을 만들어 앉고, 방에서도 매일 적어도 500번 이상 제자리에서 뛰십시오. 건강을 잘 챙기셔야 합니다!"

두어 달 뒤에 우리 재판이 시작되었을 때 변호사들의 접견이 이루어지면서 주고받은 소식은 박정희 정권이 사제들을 석방하려는 움직임이 있다는 겁니다. 이때 김 시인은 제게 두 번째로 비둘기를 날려 보냈습니다.

"신부님! 신부님들을 분리해 석방하려는 움직임이 있다는데 절대로 나가시면 안 됩니다. 이곳이 바로 지금 사제들이 계셔야 할 곳입니다. 예수님의 말씀을 깊이 되새기십시오."

'누가 오른뺨을 치거든 왼뺨마저 돌려대고 또 재판에 걸어 속옷을 가지려고 하거든 겉옷까지 내 주어라. 누가 억지로 오 리를 가자고 하거든 십 리를 같이 가주어라. 달라는 사람에게 주고 꾸려는 사람의 청을 물리치지 말아라.'" 마태오 5:40-42

저는 눈감고 기도했습니다. 본능적으로는 나가고 싶은데 그가 제시한 성경 말씀은 바로 감옥에 있어야 한다는 하느님의 명령이기도 했습니다.

이것이 제가 그와 감옥에서 나눈 신앙과 우정 그리고 고난의 체험이었습니다. 우리는 그때 하나였습니다.

그리고 많은 시간이 흘렀습니다. 1991년 5월 "죽음의 굿판을 걷어치우라"라는 그의 거친 외침은 민주시민과의 결별 선언이었습니다. 이에 김형수 시인은 "젊은 벗이 김지하에게 답한다!"는 글로 그를 엄혹하게 비판했습니다. 이 두 분의 글은 각 대학마다 대자보로 게시되었습니다. 매우 안타깝고 마음이 아팠습니다.

그 뒤 1993년 9월에 그는 장위동 성당으로 저를 찾아와 자신의 심적 고통과 고민을 털어 놓았고, 우리는 증산교 등 새로운 종교와 생명사상 등에 대해 많은 대화를 나누었습니다. 특히 그는 정신과 치료를 받고 있다는 사실도 말했습니다. 그날 저는 그에게 종교 다원주의 등 당대 새로운 신학 사조에 대해 자세히 설명하고, 제가 지니고 있던 여러 권의 책도 건네주었습니다.

그 후 그는 너무 다른 길로 멀리 갔습니다. 그리고 세상을 떠났습니다. 이에 저는 헤겔의 정반합正反合 원리를 기초로 김지하의 삶을 다음과 같이 종합합니다.

명제 : 우리는 30대 청년 시인 김지하를 마음에 품고 예찬하며 기립니다.

반명제 : 후반기의 김지하, 그 일탈과 변절을 단호하게 꾸짖고 도려냅니다.

종합 : 죽음을 통해 이제 그가 신의 반열에 들었으니, 청년 김지하의 삶과 정신을 추출해 그의 부활을 꿈꾸며 민족공동체의 일치와 희망을 확인합니다.

"있던 것은 다시 있을 것이고 이루어진 것은 다시 이루어질 것이니, 태양 아래 새로운 것이란 없다. '이걸 보아라, 새로운 것이다.'

사람들이 이렇게 말하는 것이 있더라도 그것은 우리 이전 옛 시대에 이미 있던 것이다." 코헬렛 1:9-10

하느님, 저희는 모두 죄인입니다. 저희의 죄를 용서해 주시고, 김지하의 모든 허물과 잘못도 용서해 주소서. 그에게 자비를 베푸시어 영원한 안식을 주소서. 이제 그는 죽음을 통해 우리와 새로운 관계를 맺게 되었사오니, 사랑하는 모친과 함께 영생을 누리며 민족 공동체 모두를 위한 천상 전달자가 되게 하소서. 성령 안에서 우리 주 그리스도를 통하여 비나이다. 아멘.

● 문학편 ─────────────────────────────────

제1부

김

이

석 광

방 우

하

남

못

조

1985년 3월 민족문학의 밤에서 강연하는 김지하 시인
(사진: 박용수, 민주화운동기념사업회 제공)

"

김지하는 대학 시절부터 하도 지하 서클을 많이 하고, 지하다방에 사람들을 만나다 보니 자기 이름을 그냥 "지하地下"라고 했다는 것이다. 이것은 내가 지하에게 직접 들은 얘기다. 지하는 지금 자업자득일지는 모르지만 억울하게 지하에 갇혀 있다. 우리는 지하를 정당하게 지하로부터 끌어내야 한다. 그러한 기회를 만들고 있는 이부영과 그의 친구들에게 나는 경의를 표하고 싶은 마음밖에는 없다.

"

수난과 구도의 삶을 기억하며

염 무 웅
문학평론가

돌이켜보면 1960년대 중엽 김지하를 처음 알게 됐을 때 그는 두 개의 얼굴을 지니고 있었습니다. 하나는 박정희 정권의 대일 굴욕 외교를 반대하며 궐기한 학생운동 속의 모습이었습니다. 학교를 갓 졸업하고 어느 출판사에서 일하고 있던 나는 근무가 끝나면 복학한 친구들을 만나러 동숭동의 농성현장으로 가곤 했었지요. 그때 김지하의 쉰 듯한 목소리가 뿜어내는 뜨거움을 나는 화상火傷의 위험처럼 느끼며 외곽에서 바라보았습니다. 가정교사로 숙식을 해결하며 주로 서구 문학의 좁은 울타리에 갇혀 지내온 나 같은 사람의 눈에는 당시 학생운동의 주역들이 외친 민족 문제의 심각성이 제대로 보이지 않았던 것 같습니다. 청맹과니였던 거지요.

　다른 하나는 시인이자 미학이론가로서의 김지하였습니다. 1964년 5월쯤이던가, 을지로 5가 뒷골목의 어느 술집에서 시화전이 열렸고, 거기서 나는 아마 처음으로 '金之夏'라는 이름으로 쓰여진 그의 시를 보았습니다. 그의 시뿐만 아니라 그 시화전에 나온 시들 대부분은 그동안 내가 읽어오던 우리나라의 시적 관습에서 벗어난 낯

설고 실험적인 것들이었습니다. 후일 김지하 본인은 당시 자기가 슈르초현실주의풍의 모더니즘 계열 시를 썼다고 하더군요. 여하튼 나에게는 친숙하게 받아들여지지 않는 것이었습니다.

그러다가 얼마 뒤 나는 그의 논문 발표를 듣게 됐습니다. 박종홍 교수가 늘 철학개론을 강의하던 문리대 대형강의실에서였던 걸로 기억합니다. 정규 강의가 끝난 뒤의 어둑한 분위기가 지금도 아련히 떠오릅니다. 제목은 '추醜의 미학'. 칸트와 헤겔로 대표되는 전통 미학 바깥을 더듬는 내용이었는데, 미학 이론에 입문조차 못한 나에게는 그의 대담한 이론 탐색이 낯설뿐더러 적잖은 충격이었습니다. 지하 자신도 후에 고백한 바 있지만, 사실 그 발표는 헤겔의 제자인 19세기 독일 철학자 칼 로젠크란츠Johann Karl Friedrich Rosenkranz, 1805~1879의 저서 『추의 미학』Ästhetik des Haßlichen, 1853에 근거한 것이었지요.

그러나 그는 로젠크란츠라는 서구학자의 이론을 수용하되 거기에 머무르지 않았습니다. 지하는 로젠크란츠의 미학을 발판으로 우리 고유의 전통예술에 새로운 생명을 불어넣을 이론적 확장을 시도하고 있었습니다. 그러니까 '추의 미학'이라는 동일한 이름 아래 로젠크란츠와 김지하는 사뭇 다른 내용을 말하고 있었던 셈입니다.

다들 알다시피 지하는 1960년대 중엽부터 서구 모더니즘에 여전히 한 발 담그고 있으면서도 조동일 학형과의 다양한 교류를 통해

탈춤이나 풍물 또는 민요나 판소리 같은 우리의 전통예술의 중요성에 눈을 떴고, 이용희李用熙,1917~1997 교수의 회화사 연구에 자극받아 조선 후기의 풍속화와 실경산수實景山水를 주목하게 됐습니다. 요약하면 김지하의 「추의 미학」은 초현실주의 같은 모더니즘 서구예술로부터 우리 자신의 민족·민중미학으로 나아가는 과정에서 이론적 초석을 놓는 작업이었습니다.

그때부터 나는 지하와 자주 만나는 사이가 되었습니다. 그가 입원해 있던 역촌동 병원에도 몇 번 갔었지요. 수색 가는 버스를 타고 가다가 포수마을지금의 서부병원 근처에서 내려 논밭을 지나 산길을 오르던 일이 지금도 생생합니다. 그가 퇴원한 뒤에는 소설가 오영수 선생 댁을 여러 번 동행했습니다. 갓 결혼한 나의 셋방이 오 선생 댁에서 아주 가까운 쌍문동 우이천변이었던 까닭도 있지만, 무엇보다 오 선생의 장남인 미대 후배 오윤의 남다른 미술적 재능에 지하가 흠뻑 빠졌기 때문이었습니다. 아무튼 이 무렵 그는 미학과 선배인 김윤수 선생의 이론적 지도와 오윤 등의 실천적 뒷받침을 조직하여 과감하게 리얼리즘 미술운동에 시동을 걸었고, 알다시피 그것은 지난 반세기 사이 한국미술의 새 역사를 쓰는 데까지 엄청나게 발전했습니다.

1970년은 김지하 개인에게나 한국시의 역사에서나 특별한 해였습니다. 5월에는 담시 『오적』이 폭탄처럼 문단과 정치-사회를 강타

했고, 연말에는 시집 『황토』가 출간되어 시단을 흔들었지요. 그 어간에는 선배시인 김수영의 모더니즘에 기대어 자신의 시학詩學을 천명한 논문 「풍자냐 자살이냐」를 발표했습니다. 『농무』의 시인 신경림이 문단에 복귀한 것도 그해 가을이었고요. 눈을 돌리면 열악한 노동현실에 항의하여 젊은 노동자 전태일이 분신한 것도 이때였습니다.

1960년대 말 김수영, 신동엽이 잇달아 세상을 떠난 데 이은 김지하의 눈부신 등장과 신경림·이성부·조태일 등의 새로운 활약은 우리 사회와 문학 내부에서 거대한 전환이 진행되고 있음을 알리는 신호였습니다. 이 전환의 의미를 가장 명확하게 의식하고 가장 치열한 언어로 표현한 것은 김지하 자신이었을 겁니다. 시집 『황토』의 후기에서 그는 이렇게 말합니다.

> 이 작은 반도는 원귀怨鬼들의 아우성으로 가득차 있다. 외침, 전쟁, 폭정, 반란, 악질惡疾과 굶주림으로 죽어간 숱한 인간들의 곡성哭聲으로 가득차 있다. 그 소리의 매체, 그 한恨의 전달자, 그 역사적 비극의 예리한 의식. 나는 나의 시가 그러한 것으로 되길 원해 왔다. 강신降神의 시로.

여기 표명된 시인으로서의 강렬한 사명감이 전통예술인 판소리의 형식을 빌려 표현된 작품이 담시 『오적』입니다. 사실 이 작품은 그 정치적 파장과 사회적 폭발력 때문에 미학적 성취나 시사적詩史 的 의의가 충실하게 검토되지 못했습니다. 지하 자신도 그 점을 아쉬워하곤 했지요. 당시 〈동아일보〉에 시 월평을 쓰던 나도 다음과 같은 소략한 언급에 그치고 말았습니다.

> 이 작품을 단순한 현실풍자로만 보아넘기는 것은 피상적 판단에 그치기 쉽다. 도리어 그러한 생생한 풍자를 유기적으로 자기 내부에 용해시킨 시형식적 달성이야말로 한국시의 앞날을 밝게 한다. 〈동아일보〉 1970.5.30.

그야말로 단순한 암시에 불과한 촌평입니다. 여기서 내가 말한 '시형식적 달성'이란 박물관에 전시된 박제품 상태의 판소리 형식을 현실비판의 살아 있는 무기로 힘차게 살려낸 업적을 가리킵니다. 후일 김지하 자신도 『담시 전집』솔, 1993을 간행하면서 "판소리의 현대화와 동학혁명 서사시는 내 꿈"이라고 언명한 바 있지요.

하지만 전체적으로 살펴보면 판소리의 현대화는 김지하가 평생에 걸쳐 수행한 여러 고뇌어린 예술적·이념적 및 실천적 탐색의 일부, 즉 빙산의 일각에 불과합니다. 김윤수·오윤 등과 함께 시작한 새로운 현실주의 미술운동이 오늘날 한국 미술의 주류의 위치에 올

라섰음은 앞서 언급한 바 있지만, 국문학자 조동일의 이론적 지도
와 창작자 김지하의 실천적 노력이 결합된 결과로 구체적 생기를
얻은 마당극, 마당굿, 탈춤, 풍물, 민요 등의 광범한 민중·민족연행
은 대학가를 중심으로 막강한 영향력을 행사하게 되었고, 운동권
자체의 활동 방식을 바꾸었습니다. 사회가 변하면 문화도 달라지지
만, 1970년대 이후 30년 동안 한국에서는 거꾸로 대학문화가 사회
의 변화를 선도했던 것입니다.

그러나 김지하가 불붙인 새로운 문화운동이 퍼져나가는 동안 그
자신은 불행히도 1970년대의 많은 기간을 감옥에서 보냈습니다. 그
의 독방은 유례없이 혹독한 감시 속에 철저히 고립되어 있었습니
다. 그것은 한 인간이 온전한 정신으로 견딜 수 있는 한계를 넘어선
것이었습니다. 후일 그는 고백했지요.

어느 날 대낮에 갑자기 네 벽이 좁혀들어오고 천장이 자꾸 내
려오며 가슴이 꽉 막힌 듯 답답해서 꽥 소리 지르고 싶은 심한
충동에 사로잡혔다. 아무리 고개를 흔들어봐도 허벅지를 꼬집
어봐도 마찬가지였다. 몸부림, 몸부림을 치고 싶은 것이었다.

1980년 12월 마침내 그는 석방되었습니다. 하지만 집 앞의 감시
는 계속되었고, 그리하여 그는 "처음과 끝을 알 수 없는 번뇌가 그

김지하 추모문화제에서 추도사를 발표하는 염무웅(2022.6.25 천도교중앙대교당, 사진 장성하)

무렵에 나를 사로잡고 놓지 않았다"고 말합니다. 원래 지하는 술을 좋아했어요. 그나마도 왕소금에 깡소주를 마시기 일쑤였습니다. 그러니 애주가는 아니었어요. 출옥 후에는 더 심하게 술에 의존하게 된 듯합니다. 1980년대에는 내가 사는 대구에도 내려와 친교의 시간을 가졌고 그러다가 어느 때엔 우리 집에서 잔 적도 있습니다. 나로서는 그를 상대하기 버거웠어요. 나는 잠을 자러 들어가야 되는데, 그는 소줏잔을 들고 장광설을 그치지 않았으니까요. 새벽에 깨보면 그는 이미 어디론가 사라지고 없었습니다. 그의 괴로움과 외로움을 당시에 나는 충분히 깨닫지 못했습니다. 회고록에 보면 이런 구절도 있습니다.

'알코올 중독에 의한 정신황폐증'이라? 내 병의 최초의 근원은 유년기의 사랑 결핍과 욕구불만이었고, 최근의 원인은 과도한 알코올 중독인 것으로 구체화되었다.

오늘 나는 40년 가까운 지난날을 돌아보며 한없이 아픈 마음으로 시집 『화개花開』2002에 실린 그의 시 〈횔덜린〉을 읽습니다.

횔덜린을 읽으며
운다

나는 이제 아무것도 아니다
즐거워서 사는 것도 아니다'

어둠이 지배하는
시인의 뇌 속에 내리는

내리는 비를 타고
거꾸로 오르며 두 손을 놓고

휠덜린을 읽으며
운다

어둠을 어둠에 맡기고
두 손을 놓고 거꾸로 오르며

내리는 빗줄기를
거꾸로 그리며 두 손을 놓고
휠덜린을 읽으며
운다

나는 이제 아무것도 아니다
즐거워서 사는 것도 아니다'

　휠덜린Friedrich Holderlin, 1770~1843이 누구인가. '신이 사라지고 자연
과의 조화가 무너진 자기 시대'를 탄식하며 '인간의 영혼 깊은 곳에
잠자고 있는 고귀한 신성을 일깨우는 것이야말로 시인의 소임'이라
보았던 시인, 그러나 바로 그 너무도 순결했던 소임 때문에 도리어
생애의 후반 37년을 정신착란자로 살아야 했던 시인 아닌가. 그 휠
덜린을 읽으며 눈물 흘리는 또 다른 시인을 우리는 이제야 봅니다.

물론 지하는 1980년 석방 이후 30여 년 동안 괴로움과 외로움에도 불구하고 횔덜린처럼 정신착란의 감옥에 유폐되었던 것은 아닙니다. 아니 어쩌면 지독한 고통 자체가 동력이 되어 김지하 특유의 사상적 모색이 더욱 심오한 깊이를 얻게 됐는지도 모릅니다. 그가 남긴 책들을 읽어 보면 그는 젊은 날부터의 수많은 지적·현실적 자극들을 적극적으로 흡수하고 종합하고 극복하여 어떤 사상적 화엄의 통일체, 그 자신의 용어로 '움직이는 무無'의 상태에 이르고자 했던 것 같습니다. 짓밟히고 학대받은 땅의 운명을 자신의 것으로 노래했던 첫시집 『황토』부터, 원주중학 동창윤노빈과 함께 읽은 헤겔의 『정신현상학』, 대학의 미학과에서 습득한 다채로운 서구의 예술이론들, 박정희 정권과의 목숨을 건 투쟁, 수운과 해월의 동학사상, 장일순 선생·지학순 주교와 함께했던 '원주 캠프'의 뜨거운 경험들, 정지용부터 이용악을 거쳐 김수영까지의 수많은 선배 시인들…. 이 모든 자양분을 빨아들여 그는 '김지하'가 되었습니다.

　　물론 생애의 마지막 10여 년에 보인 그의 정치적 행보는 아쉽기 짝이 없습니다. 많은 사람들이 그를 비난하고 비판했습니다. 그 비난·비판의 일정한 정당성을 부인하기 어렵습니다. 그러나 병고에 시달리다 노년에 들어선 김지하는 지난날처럼 그 비난과 비판 안에 들어 있는 합리적 핵심을 붙잡아 자신의 인간적 성장을 위한 거름으로 삼을 힘을 이미 잃었던 것 같습니다. 그 점이 김지하를 사랑했던 동료와 후배들을 더욱 가슴 아프게 합니다.

생각건대 김지하는 아직 미지의 존재입니다. 그의 80년 생애와 그가 남긴 방대한 저작들은 제대로 검토 연구되지 않았습니다. 그러나 오늘 우선 필요한 것은 그의 삶과 죽음 모두를 끌어안는 포용이어야 한다고 생각합니다.

여기까지 다들 애썼다!

황석영
소설가

이제 팔십에 이르러 나는 주위의 경조사에 참례하지 않고 있다. 수년 동안 서울을 떠나 지방에서 글 쓰며 은거했고, 칠십대 중반쯤에 부모님 유해를 납골당에 모시면서 제사도 폐하고는 저절로 남의 장례식장에도 발길을 끊게 되었다. 옛사람들도 늙은이가 되면 인편으로 부조나 보내면서 지인들을 떠나보내던 것이다.

아난다여, 나는 피곤하다. 눕고 싶구나.

석가모니의 마지막 장면이다. 깨달음을 얻었을 때 마셨던 우유 한 잔과 죽음의 원인이었던 버섯 몇 개는 똑같은 타인의 공양물이었다. 결국 모든 것은 인연의 결과일 뿐이다. 죽음은 내가 걸어가는 이 길의 '저 모퉁이'에 숨어서 기다리고 있다. 그러나 그것은 길의 끝이 아니라 모든 것이 그러하듯 변화에 지나지 않는다.

내가 청년 김영일을 만난 것은 그의 외삼촌 정일성, 조동일 등이 연출을 하고 나의 고교 동창 친구들 몇이 배우가 되어 연극을 하던 무렵이었을 것이다. 그는 마치 유진 오닐의 연극에 나오는 등장인물처럼 결핵성 미열을 가진 문학청년이었다. 나는 남도를 떠돌다 베트남 전쟁을 거쳐 다시 글쓰기로 돌아왔고, 그는 조태일이 꾸려 가던 시인지를 거쳐 김지하 시인이 되어 있었다. 시대는 마침 박정희의 유신시대였고 우리는 한없이 목마르고 거칠었다. 이용악, 백석이 그랬듯이 김지하는 모던에서 토박이로 차림새를 갖춘다. 이는 이미 우리가 60년대에 6.3 한일회담 반대 투쟁을 통과하며 습득한 문화체험의 결과이기도 했다. 「오적」과 「비어」를 거치며 그는 수년 간 우리 곁을 떠나있게 된다. 도피 시절 간간이 만나면서 그는 나에게 후배들과 더불어 현장문화운동을 이끌어 줄 것을 당부했고, 나는 그 약속을 지켰다.

그가 김수영을 비판한 적이 있으나 그것은 김수영의 일상을 간과했던 탓이다. 김수영의 일상은 소시민적 모양새였지만 그것은 '살아 돌아온 자'의 치열한 일상이었던 셈이다. 그러나 누군들 일상을 견디는 장사가 있으랴.

팔십년 광주를 거쳐 신군부가 들어서면서 그는 석방되었고 감호처분자의 신세처럼 바깥 세상에 던져졌다. 김지하는 사상가로 성장하여 돌아왔으나 일상을 여전히 간과했던 듯하다. 이는 지식인들의 일종의 투옥 후유증일 수도 있었다.

그의 생명사상이나 수운·해월의 가르침들은 김지하의 때와 장소

김지하 추모문화제에서 추도사를 발표하는 황석영(2022.6.25 천도교중앙대교당, 사진 장성하)

에 맞기도 하고 틀리기도 했다. 김지하는 김영일의 무거운 짐이었다. 시인은 누구나 자기 시대와 불화할 권리가 있으나 또한 그 불운을 견디어내야만 한다.

그가 '죽음의 굿판을 걷어치우라'고 호통을 치고 나서 분노한 민심의 표적이 되었을 무렵에 나는 마침 평양에 있었다. 나도 젊은이들의 연이은 자살투쟁을 안타까워하고 있었다. 북의 소설가 홍석중은 그 소식을 보며 내게 조심스럽게 말했다.

저 말의 뜻은 옳지만, 차라리 침묵하느니만 못하다.

내가 왜 그러냐고 물었더니 홍석중이 말했다.

그는 김지하니까.

김지하는 투옥되어 있던 나에게 면회도 왔고 내가 세상에 나왔을 때에는 경기도 일산에 살고 있었다. 만날 적마다 그는 뭔가 스스로를 해설하려고 애썼다. 그의 담론은 어느 부분 번쩍였지만 늘 비약의 연속이었다. 미디어와 출판사들은 뭔가 얻어가려고 끊임없이 그의 주위를 맴돌았다. 말이 미끄러진다고 했던가. 그의 말과 현실은 그래서 어긋나고는 했다.

'시시데기는 령 넘어가고 새침데기는 골로 빠진다'는 옛말이 있지만 그의 외로움은 깊어 갔다. 김지하의 비약적인 담론을 참을 수가 없다고 누군가 불평하면 시인 최민은 간단하게 타일렀다.

그냥 진지하게 들어주면 되잖아.

나도 같은 생각이었다. 잠자코 들어주면 김지하의 격앙된 정서는 가라앉았다.

어느 무렵부터인가 그의 잠적이 시작되었다. 그의 아내 김영주에게서 내게 급박한 전화가 왔다. 그가 열흘 이상 연락이 없어 어디 갔는지 못 찾겠다고 했다. 사방에 수소문하여 그가 백양사에 있다고 알려주면서야 김지하가 행려자처럼 이곳저곳 떠돌고 있음을 알게 되었다. 그는 심한 환각증에 시달린 뒤에 치료를 받고 오래전에 술을 끊었다. 물론 그는 또 다시 술을 마시지는 않았다. 그냥 허전해서 떠돌았을 것이다.

어느 해 대선 시기에 박근혜에서 비롯된 풍파 역시 그 나름대로의 해원의 뜻이 있었으리라 짐작된다. 매체들이나 또는 강연회장의 청중들은 내게 김지하를 어찌 생각 하는가 벼르듯이 묻곤 했다. 그때마다 나는 김지하는 아픈 사람이라고, 그가 나을 때까지 기다려보자고, 말하곤 했다.

스승이 젊은 판소리꾼에게 물었다.

목청도 좋고 기량도 좋고 재간도 뛰어난데 그뿐인 놈을 머라고 하는지 아냐?

그뿐이라뇨?

소리든 머든 다 사람이 하는 거 아녀?

하고 나서 스승은 말했다.

소리에 그늘이 있어야 한다고. 그늘이 없는 재간꾼을 노랑목이라구 그러지.

그늘이 무엇인데요?

그게 살아가면서 아프게 곡절을 겪다보면 생기는 거지.

스승이 막걸리 한 잔을 주욱 들이키고 나서 다시 말했다.

헌데 그늘이 너무 짙어지고 바닥까지 갈아 앉아 버리면 소리가 넘어갔다구 그런다. 소리가 넘어가 버리면 쓰잘데기 없는 소리가 되어 버려. 할 필요두 없구 들을 필요두 없는 소리가 되지.

그럼 어떻게 해야 되나요?

흰 그늘이 되어야 쓰지.

흰 그늘이란 무엇인가요?

그건 그믐밤에 널린 흰 빨래 같은 것이니라.

무슨 말씀인지 모르겠습니다.

칠흑같이 캄캄한 달도 없는 그믐밤에 흰 이불 홑청이 널려 있다. 멀리서든 가까이서든 그것은 어둠 속에서 희부연하게만 느껴질 정도일 것이다. 누군가를 저세상으로 떠나보내고 깊은 슬픔에 겨워 몇 날 몇 밤을 실컷 울고 나서 피시식 하고 저절로 나오는 희미한 웃음 같은 것. 그리고 그 웃음의 시초는 차츰 서슴지 않게 되고, 까짓 거 다시 살아내자 하는 신명을 타고 일상으로 자신을 끌어내어 줄 것이다.

흰 그늘이 소리의 끝인가요?

젊은 소리꾼이 물었더니 스승은 머리를 흔들었다.

더 있지. 남을 여, 소리 향, 여향이라는 게 있다네.

여향은 또 어떤 것입니까?

먼 산사에서 범종을 칠 때 마지막으로 당목을 때리고 나서 그치면 뎅 하는 소리가 울리고 잔음이 길게 여운을 끌며 퍼져 나간다. 데에에엥 하며 소리의 여운은 길게 아주 천천히 사라져 간다. 그리고 어느 결에 사방은 고요한 정적에 이른다.

그 고요한 정적이 여향이니라.

소리꾼은 모든 소리가 그친 정적이 어째서 소리의 최고 경지가 되는가를 묻지 못했다. 스승도 여향이 무엇인지 똑똑히 설명해 주지는 않았던 것 같다.

세상은 아주 조금씩만 나아져 간다. 그래서 세월이 답답하고 지난 자취는 흔적도 없이 잊혀 가고, 먼지 같은 개인은 늙고 시들고 사라져 간다. 우리가 김지하를 그냥 보내지 못하고 이렇게 기억을 더듬는 것은 아직도 시절이 마뜩치 않고 남은 안타까움이 많아서다. 이것이 남루하지만 숙연한 오늘의 우리 모습이다.

타는 목마름으로

- 지하를 다시 생각한다

도올 김용옥

철 학 자

T. S. 엘리어트의 시를 읽을 때마다 나는 이런 생각에 잠기곤 한다: "우리에게는 엘리어트보다 더 훌륭한 시인이 있었다."

　　시인을 놓고 누가 누구보다 더 위대하다는 말을 할 수는 없는 이야기이지만, 최소한 시라는 것은 일상적 언어가 미칠 수 없는 감정이나 느낌의 향연이 바로 지금 여기 우리 삶 속에서 이루어지지 않으면 시의 자격이 없다고 말할 수는 있을 것 같다. 그 향연을 위해 일차적으로 필요한 사태는 언어의 공유이다. 단도직입적으로 말해서 한국인의 시는 한국어로, 다시 말해서 한국인의 마음으로 쓰이지 않으면 안 된다. 그렇다고 엘리어트의 시가 단순히 영어로 쓰였다는 이유로 김지하의 시보다 못하다는 말을 할 수 있는 것은 아니지 아니할까? 우선 나는 한국의 고명한 영문학자일수록 그 고매한 번역이 그 오리지날한 문맥을 유실하고 있다고 확실히 말할 수 있겠지만, 번역의 상응성을 벗어난 곳에서 양자를 비교해도 엘리어트는 너무도 현학적이고, 신화적이고, 불필요한 인유의 숲속에 독자들을 헤매게 만든다. 뭔 개소리인지 알 수가 없다. 물론 나의 무지를 탓해도 항변할 생각은 없다. 원래 나는 무지한 사람이니까—. 사월은 가장 잔인한 달. April is the cruellest month, 이 한마디밖에 나에게 남은 것은 없다.

겨울을 오히려 따뜻하다고 예찬하게 만드는 봄의 잔인함은, 탄생되는 뭇 생명의 고통과 더불어 더욱 혹독하게 느껴진다. 그 느낌은 나에게는 64괘의 진정한 시작인 준괘屯卦의 간난에서 나는 더 리얼하고 절실하게 느낀다. 그런데 지하의 시는 훨씬 더 다이렉트하고, 고귀한 수식이 없이, 신화적 장난이 없는 오늘 여기 현장의 느낌으로 그 미묘한 감정을 인간세 만천하 모두에게 선포한다. 엘리어트에게 생명이라는 것이 백작부인의 사치였다면, 지하에게 생명은 우금치에서 쓰러져가는 소복의 민중들이 흘린 피를 먹고 자라나는 잡초의 영원한 솟음이었다.

지하의 시는 너무도 쉽다. 그러나 현란한 언어의 포장 속에 자기를 감추는 여느 시인의 시보다도 격조가 높다. 시대의 아픔을 처절하게 느끼고 끝까지 변절하지 않은 김수영은 위대한 시인으로 영원히 기억되겠지만 지하에게서 느끼는 사유의 폭이 느껴지지는 않는다. 지하에게는 동학이라는 "다시개벽"이 있었다. 지하에게 동학은 배움의 대상이 아니라 발견의 대상이었다. 지하는 동학을 발견했다. 수운의 생명력이 해월의 치열한 도바리 속에서 꽃을 피웠다면, 해월의 꽃은 지하의 시를 통하여 장엄한 화엄세계를 구축한다.

시인의 자택에서 동학 공부를 함께하는 김지하와 김용옥(사진 박옥수)

나는 지난 세기 미국 캘리포니아주 샌디애고에서 열린 특별한 사상가 모임에 참석한 적이 있다. 그때 일본을 대표하는 지성으로서 오오에 켄자부로오大江健三郎가 초청되었다. 우리는 라호야 코우브 해변의 아담한 호텔에서 며칠을 묵었는데, 그의 방은 바로 내 방 곁에 있었다. 나는 첫인사를 나눌 때 그에게 나의 책 『여자란 무엇인가』의 일본어판을 선물했다. 그런데 놀라운 사실은 그가 그날 밤으로 나의 『여자란 무엇인가』를 정독하고 완독했다는 사실이었다. 아침에 만났을 때 그는 말을 건넸다.

한번 눈을 붙이니 떼지를 못하겠더군요. 밤새 다 읽었어요. 당신의 책에는 보통 사상가에게서 느끼지 못하는 통찰이랄까, 정직함이랄까, 하여튼 그런 게 있었어요. 언어를 소화해서 내뱉는 방식이 아주 독특하더군요. 금기도 없고…. 하여튼 내 생각에는 당신이 소설을 쓰면 좋을 것 같아요.

내 인생에서 나보고 소설을 써 보라고 권유한 사람은 오오에 켄자부로오와 김훈_{당시 〈한국일보〉 문화부 기자} 두 사람이었다. 그런데 켄자부로오는 나에 관해 이야기하는 것이 아니라 줄곧 대화의 초점을 지하로 가지고 갔다.

당신의 글쓰기에서도 느꼈지만 한국인의 감성에는 어느 민족도 따라갈 수 없는 생명력 같은 게 있어요. 김지하의 시는 단순한 시가 아니라 생명의 약동 그 자체예요. 감옥의 조그만 창틀에 낀 먼지 사이에서 싹트는 파아란 풀, 그 풀의 새싹이 우주 전체를 밀치고 나오는 듯한 그 힘, 그 힘 속에서 무한한 민중의 의지를 발견하는 김지하! 죽음에 직면한 사형수가 그 초라한 새싹의 기운에서 우주적 생명의 힘을 느낀다는 것은 특별하지 않아요? 김지하는 정말 특별합니다.

일본의 선적인 세련미를 가진 시인들에 비하면 너무 거칠지

시인의 자택에서 동학 공부를 함께하는 김지하와 김용옥(사진 박옥수)

않나요?

뭔 말씀을 그렇게 하십니까? 김지하의 시는 바로 그 거칢 속에서 우주적 생명이 발랄하게 뛰어놀아요. 누구도 흉내낼 수 없는 신선한 바람이 그의 언어를 감돕니다. 김지하는 정말 특별한 시인입니다. 언어를 거치지 않은 귀신의 놀이에요. 저는 정말 김지하를 존경하고 흠모합니다. 한국인들이 김지하를 보다 깊게 이해했으면 좋겠어요.

과연 이러한 지하의 유산이 '죽음의 굿판 걷어치우기'에서 끝난 것일까? 모로 누운 돌부처를 산산조각 낸 임옥상의 처사는 매우 정당하다. 허나 변명할 기회를 얻지 못한 지하에게 그가 남긴 위대한, 정의로운 문화유업까지 산산조각 내어버리는 것은 불가하다. 나는 지하와 오래 사귄 사람이다. 그의 비극은 강일순이 말한 "해원"을 심도 있게 실천하지 못한 데서 오는 것이다. "짜식들이, 의리가 있어야지! 내가 누군데?"

'내가 누군데'가 통하지 않는 세상에서 '내가 누군데'를 말하는 그의 푸념이 말년의 생애를 덮었다. 참으로 딱하다. 인간의 최대의 죄업은 "고독"이다. 지하는 너무 고독했다.

엊그제 친구 이부영에게서 전화가 왔다. 김지하 추모제를 하는데 나의 참석을 요구하는 전화였다. 이부영은 참으로 의리가 있다.

나는 사실 안 나가도 그만이다. 그러나 지하의 과거사는 과거사 나름대로 보존되어야 한다는 그의 요청은 매우 진실한 요청이다. 나도 죽을 날이 얼마 남지 않았는데, 발걸음을 아낄 이유가 있나?

'芝河지하'라는 이름은 일본의 출판인들이 한자를 우아하게 고쳐 만든 이름이다. 김지하는 대학시절부터 하도 지하 서클을 많이 하고, 지하다방에 사람들을 만나다 보니 자기 이름을 그냥 '지하地下'라고 했다는 것이다. 이것은 내가 지하에게 직접 들은 얘기다. 지하는 지금 자업자득일지는 모르지만 억울하게 지하에 갇혀 있다. 우리는 지하를 정당하게 지하로부터 끌어내야 한다. 그러한 기회를 만들고 있는 이부영과 그의 친구들에게 나는 경의를 표하고 싶은 마음밖에는 없다.

- 2022년 6월 11일 오후 2시 탈고. 낙송암에서

불화살 같은 시인을 추억하며*

문 정 희

시 인

_____

*   한겨레신문 2022.05.26. https://www.hani.co.kr/arti/opinion/column/1044578.html

불화살 같았던 시인 김지하와 함께한 50여 년!

부자유와 폭력과 고통의 시대였지만 진정 용기 있는 시인이 있어 외롭거나 부끄럽지 않았다.

시인 김지하 선생이 81세로 우리 곁을 떠났다.

5월 8일 초여름 푸른빛이 눈부신 날이었다. 군사독재의 서슬이 두려워 누구도 입을 열지 못하고 진실을 침묵으로 일관하고 있던 1970년 5월, 담시이야기시 「오적五賊」을 발표함으로써 그는 힘없는 시에 천둥번개 같은 힘과 가락을 부여했고 동시에 주눅 든 세상을 크게 뒤집어놓았다.

내가 그를 처음 만난 것은 바로 그 유명한 담시 「오적」이 실린 1970년 『사상계』 5월호에서였다. 문학이 뭔지도 모른 채 문단에 등단한 20대 초반의 내가 처음 청탁받은 잡지가 『사상계』였다. 그런데 나의 시가 실린 『사상계』 5월호가 출간된 날, 당시 편집장 김승균 씨로부터 필자용 책을 건네받은 다음날이었던가. 저녁 뉴스를 보다가 나는 그만 큰 충격에 휩싸였다. 김지하 시인과 김승균 편집장이 수사기관에 연행되어 가는 모습을 텔레비전 긴급 뉴스로 보았기 때문이다.

그때부터 '오적'은 이 땅을 폭풍처럼 타올랐다.

> 시를 쓰되 좀스럽게 쓰지 말고 똑 이렇게 쓰랬다. 내 어쩌다
> 붓끝이 험한 죄로 칠전에 끌려가 볼기를 맞은 지도 하도 오래라
> … 뭐든 자꾸 쓰고 싶어 견딜 수가 없으니, 에라 모르겠다 … 내
> 별별 이상한 도둑 이야기를 하나 쓰것다…

이렇게 시작하는 「오적」은 부패한 권력집단을 통쾌하게 풍자 비판하고 있었다. 짐승스러운 몰골의 다섯 도둑—재벌, 국회의원, 고급공무원, 장성, 장차관을 판소리로 패러디한 전무후무한 시였다. 시인 김지하는 그때부터 생애를 저항과 도피와 체포와 구금으로 살게 되고, 반체제 저항시인의 상징이 됐다. 그가 입은 푸른 수의를 보며 그 시대 지식인이나 작가들은 선망과 부채의식을 동시에 느끼지 않을 수 없었다.

그리고 얼마 뒤 감옥에서 갓 출소한 후였던가? 시인 김지하를 조태일 시인 등과 함께 만났다. 시집 『황토』 출판기념회가 열리는 광화문 신문회관^현 프레스센터에서였다. 그는 한마디로 불화살 같은 이미지로 다가왔다. 축하객보다 정보원이 더 많은 출판기념회에서 박덕

매라는 여성 시인이 "… 나는 간다 애비야, 네가 죽은 곳/부줏머리 갯가에 숭어가 뛸 때/ …"라며 시 '황톳길'을 낭송하자 누가 농담처럼 "애인은 어디 있느냐"고 물었다. 시인은 대뜸 커튼 뒤에 앉아 있는 한 여인을 보여주었다. 초로의 어머니가 단아한 한복 차림으로 앉아 있었다.

그날 밤 집으로 돌아오며 나는 진정 좋은 시인이 되어야겠다는 생각을 했다. 꽃이 피고 사랑이 어떻고 하는 시가 아니라, 현실을 언어로 투시하는 힘과 그것을 정확하게 표현할 줄 아는 진실로 아름다운 시인이 되고 싶었다. 페미니즘 등의 용어조차 알지 못한 때였지만 나는 그날 진정한 사나이를 본 것 같았다. 미국 기자 님 웨일스의 소설 『아리랑』에 나오는 아나키스트 혁명가 김산의 한 이미지가 겹쳐 떠오르기도 했다. 빛나는 용기의 화신으로 반체제 시인이 되어 그는 국내뿐 아니라 전 세계에 알려져 갔다.

몸은 독방에 갇혀 고통을 치러야 했지만 정신은 저항에서 생명으로, 한恨에서 용서까지 생명사상가로 거듭나고 있었다.

1988년 미국 펜클럽 회장으로 방한한 수전 손택과 베를린 국제인권위원회 위원장은 김지하를 크게 거명했고, 한국 투옥 작가들의 석방을 강력하게 촉구했다. 오에 겐자부로를 위시한 일본 지식인·문인들이 보내는 존경과 성원도 뜨거웠다. 독일 브레멘 방송국에서 온 시인 미하엘 아우구스틴이 김지하의 목소리를 담아 가기 위해 애쓰는 모습도 보았다. 그에 대한 사랑과 관심은 미국 시인도, 아프리카 시인도 마찬가지였다. 국제적인 명성을 가진 유수의 문학상과 인권상이 그를 주목하고 추앙한 것은 말할 것도 없다.

참으로 오랫동안, 그의 소식은 수배, 잠행, 도주, 수감, 구금, 사형이라는 단어와 함께 들려왔다. 그렇게 병들고 엄혹한 시대의 어떤 시간을 뚫고 가끔 김지하 시인의 소식을 개인적으로 들을 수 있었던 것은 참으로 기쁘고 슬픈 기억으로 남는다. 주소도 없는 곳에서 난초 수묵화, 혹은 글씨가 그의 본명인 영일英一이라는 이름으로 나에게 배달되었다.

한참의 세월이 흐른 뒤 대학로였던가? 다시 만난 김지하 시인은 고문 후유증으로 병이 깊은 노인의 모습이었다. 힘들게 숨을 내쉬는 그의 얼굴에는 저승꽃이 가득했다. "남은 것은 병과 허명虛名뿐이다." 시인은 그런 말을 했다. 늘 쫓기고 고통받는 애비 때문에 놀란 아이들 얘기를 하며 "가슴이 찢어지는 것 같다"는 말도 했다.

하지만 절망적인 정치 현실과 부패한 권력집단을 향해 서릿발 같은 저항으로 일관했던 그의 눈빛만은 여전히 살아 있음을 다시 확인할 수 있었다. 그는 비상한 두뇌를 가진 사람이었다.

종횡무진 동서양 철학과 사상을 설명하느라 차가 식는 줄도 몰랐고, 음식은 거의 손을 대지 않았다.

문학평론가 홍용희는 김지하의 시 세계를 저항에서 생명의식으

로, 그리고 죽음의 상상력과 대지적 생명력의 비장하고 절박한 정
조를 넘어 애린과 화엄적 자아로 가는 세계라고 했다. 음과 양의 서
열 구조가 아니라 여성성으로서의 생명성인 한恨에서 눈부신 용서
와 화해까지 후천개벽 흰 그늘의 사상이라고 했다.

그런데 최근 한 젊은 시인과 얘기를 나누다가 나는 그만 발걸음
을 멈춘 적이 있다. 젊은 시인은 볼멘소리로 그동안 간직한 김지하
선생의 난초 묵화를 찢어 버렸다고 했다. " '죽음의 굿판을 걷어치우
라' 때부터 화가 났는데, 박근혜 정부로부터 보상금을 받았다는 얘
기를 듣고 더는 참을 수가 없었다"고 했다. 젊은 시인은 김지하 시
인을 진정 깊이 사랑했구나 하는 생각이 들었다. 시인을 마지막 본
것은 한국 주재 스웨덴 대사관에서였다. 그날 각국의 외교관들 앞
에서 그는 해박한 지식과 신념에 찬 말을 쏟아냈다.

김지하 시인의 부고가 전해지던 날, 나는 그의 글씨를 다시 꺼내
보았다. '영겁천심월影劫天心月. 마고 소서노 미실 황진이 고판례 …
소영素影.'

그는 유언처럼 내게 말했었다. "시몬 드 보부아르나 케이트 밀릿
같은 서양 페미니스트만 생각하지 말고 우리 역사 속의 여성들을
주목해야 합니다." 특히 모악산母岳山의 교조 강증산의 아내 수부首
婦고판례1880~1935에 관해서는 여러 일화와 자료를 일러주었다. 남편

의 배 위에 발을 얹어 놓고 "사람이 하늘이다. 여자와 남자가 똑같이 하늘이다"를 외치며 인본주의 퍼포먼스를 벌인 이야기였다.

어느 시에서 나를 '시 귀신 정희'라 불렀던 김지하 시인! 나는 시성詩聖이나 시선詩仙이라는 말보다 시 귀신이 몇배나 더 좋다. 그러나 끝내 그 말을 전하지 못했다. 이 시구가 실린 시집 『새벽강』시학사, 2006을 최근에야 보았기 때문이다.

불화살 같았던 시인 김지하와 함께한 50여 년!

부자유와 폭력과 고통의 시대였지만 진정 용기 있는 시인이 있어 외롭거나 부끄럽지 않았다.

조숙한 개벽파,
지하 큰 시인을 맺함*

최 원 식

문학평론가

---

* 〈중앙일보〉 2022.05.10. https://www.joongang.co.kr/article/25069906#home

황망합니다. 생각건대 당신은 꼭 한 발자국 시대를 앞선 분이었습니다. 유신의 공포에 온 국민이 숨죽일 때 독재와 온몸으로 충돌했고, 민주화가 고비를 넘긴 6월항쟁 이후에는 굳이 운동과 정면으로 충돌했습니다. 1970년대의 투쟁과 시와 사상만으로도 당신은 불멸입니다. 그럼에도 그 안존을 돌보지 않고 구태여 독행獨行에 들어 이처럼 쓸쓸히 기세棄世하시다니 참으로 바보요, 그래서 천생 시인입니다.

왜 시인은 차마 그만두지 못함인가? 유신의 종언이 신군부의 대두로 귀결된 1980년대의 비통한 역전逆轉 앞에서 시인은 운동의 대전환을 꿈꾼바, 독재와 반독재의 이원대립이 지닐 어떤 문제점을 천재적으로 통찰했습니다. 반독재에 대한 독재의 대응이 4월혁명 때처럼 단순하지 않게 진화한 것은 차치하고, 그 술수를 뚫고 반독재가 권력을 잡은 이후, 역대 민주정부들의 부침에서 보듯, 민주파 또한 권력의 덫에 치여 필경, 국민적 기대를 저버리게 된 점이 더욱 비통한 것입니다. 이 쳇바퀴를 타개하기 위해 시인은 동학東學을 비롯한 개벽파에 주목합니다. 특히 2세 교주 최해월崔海月의 재발견이 핵심입니다. 녹두 장군의 무장봉기 노선을 부정한 순응파로 비판된 해월의 진면목을 살림살이남을 살리고 나도 산다의 상생도덕으로 파악한 눈이 보배입니다. 천하위공天下爲公의 대동세상을 내다본 위대한 개벽파의 숨은 줄기가 드러나매, 정통혁명론을 고수한 민중민주파PD를 넘어설 터전이 마련됩니다. 통일운동에서 남한의 주도성을 확실히 할 또 다른 열쇳말 남조선사상을 들어올림으로써 민족해방파 또는 주사파NL도 지양하게 된바, 시인은 간절히 우리 운동을 반분한 PD와 NL의 고질적 대립을 넘어서고자 원력을 세운 것입니다. 자신의 간고한 옥중 투쟁에서 몸으로 깨달은 이 진실을 옹위하기 위해, 아니 우리 운동의 새로운 전진을 위해 시인은 자신의 영혼을 바쳐 진리의 전파에 헌신했습니다. 그러나 겨우 망각을 뚫고 솟은 개벽파의 숨은 혀에 아뿔싸, 한번 어긋지매 우리는 결국 귀를 닫았습니다.

돌아보건대 제게 끼친 시인의 은덕이 깊습니다. 출옥 후 이수인 형님의 초청으로 대구를 찾았을 때 저는 말석에서 시인을 친견했습니다. 그때 앉은 자리마다 사자석獅子席이며 그때 발한 말씀마다 사자후獅子吼였습니다. 행복한 감전은 시인이 떠난 뒤에도 거의 1주를 지속했는데, 제가 1990년대에 참구參究한 동아시아를 비롯한 여러 화두가 다 그때 싹텄습니다. 그럼에도 저는 끝내 평범에 굴복했습니다. 지난 김윤수 선생 추도식에서 '꼭 와야 할 자리에 참석하지 못해 미안하다, 다음 모임에는 추슬러 오겠다'는 전언을 접하고 내심 뵐 날을 고대하더니, 그예 그 복은 허락되지 않았습니다.

형님, 굳이 부처님 오신 날, 먼 길 떠나심은 또 무슨 뜻이리까? 운동이 정치와 만나 구부러지기를 거듭하는 이 수상한 시절, 시인이 온갖 비난을 무릅쓴 속셈이 나변那邊에 있을지 침통히 사유하며, 김지하의 껍데기는 내치고 알맹이를 닦을 새 공부가 절실합니다. "사물은 부서질대로 부서져야만 비로소 순수한 근원의 힘을 내뿜"는가 봅니다. 이제 어디 가서 큰 의심을 물으리까? 부디, 부디, 명목瞑目하소서!

김지하 시인의 그림자 뒤에
엎드려 울다

김 형 수

시 인

1.

아, 슬프다! 김지하 시인이 지상의 나날을 헤치고 간 서사는 도대
체가 황망하기 짝이 없다. 온통 파란만장뿐이요, 온통 적막강산뿐
이었다. 한 번도 그 앞에 엎드릴 틈을 주지 않았다. 나는 거기서 얻
은 생채기 하나를 지금도 젊은 날의 화인처럼 가슴에 새겨놓고 있
다.

영원히 지우지 못하리라.

2.

31년 전 딱 이 무렵이다. 김지하 시인이 〈조선일보〉에 「죽음의 굿
판을 걷어치우라」 하고 외칠 때 나는 민족문학작가회의 청년위원
회 부위원장이었다. 정말 큰일 났다고 생각했다. 대체 어쩌면 좋단
말인가. 청년위원장은 『노동해방문학』으로 수배 중이고, 한국 지식

인 사회는 소위 '문명사적 대전환기'라는 유행어 아래 극단의 침체기에 빠져들고 있었다. 지상의 모든 가치 지향적 좌표 위에 역사를 회의하는 비관의 노을이 붉게 번져 가던 무렵이었다. '역사의 종언'이라더니 이게 그 얘기인가? 더구나 그 글은 〈조선일보〉와 민족 지성 간의 격전을 불사하는 도발의 무기로 사용되었다. 나는 여기에 누군가 응답해야 한다고 생각했다. 내가 속한 〈민족문학작가회의〉는 자유실천문인협의회의 현신이고, 자유실천문인협의회는 1974년 김지하를 구명하려고 전선에 뛰어든 선후배 문인들이 만든 결사체였다. 김지하 시인이 이를 버린다 함은 당신의 과거를 버리는 것이므로 '살신성인'의 선언이 된다.

나는 대들지 않을 수 없었다.

'죽음의 굿판을 치워라'가 어떻게 생명운동이고 김지하 사상인가? 자민족중심주의, 민중중심주의, 인간중심주의 따위로는 '생명'을 얘기할 수 없다는 사실은 다들 알고 있었다. 그러나 어떤 정신도 전선을 떠나고, 엘리트주의의 수렁에 빠지며, 그것이 넘어야 할 고개를 함께 넘는 후생을 가로막을 수는 없다. 김지하의 선언은 한국 토착 사상의 위기를 예고하는 것이다. 동일한 시대에, 동일한 장소에서 '생명사상'을 펼친 문익환 목사는 '죽음을 살자'라고 외치고 있었다.

전태일은 '살림'의 역사에 불을 붙인 새싹의 넋이고, 전두환은 '죽임'의 역사를 장수한 낙엽의 목숨이었다. 나는 김지하 미학을 사사한 신도로서 강 건너의 스승을 불러야 한다고 생각했다.

"선생님이 하루빨리 〈조선일보〉 곁이 아니라 빨리 '남南'의 자리로 돌아와야 우리를 꾸짖을 수 있다."

나는 삼십 년이 지나서도 그 생각을 바꾸지 못했다.

3.

나는 기억한다. 1980년 5월, 아직 피 냄새가 가시지 않은 도청 앞 분수대 옆에서, 분노와 공포의 기억을 지우기 위해 한 구멍에서 세 줄기, 네 줄기씩 솟구쳐 오르는 물줄기를 보면서 나는 떨면서 감격했다. 불후의 산문 「고행-1974」는 김지하가 허약한 '한국문학'의 그늘을 장엄하게 탈주하는 광경을 뜨겁게 묘사한다. 흑산도에서 체포되어 목포를 통과할 때 맞닥뜨린 사람들이 그에게 강도나 절도범을 대하듯 연민하는 것을 느끼면서, "저주받은 땅, 전라도의 아들답게 수갑을 차고, 천대받는 사람들 '하와이'의 시인답게 한과 미칠 듯한 분노와 솟구치는 통곡을 가슴에 안고" 피억압자의 일원으로 복귀했음을 알린다.

나는 이때 처음으로 나의 내부가 비어 있다는 걸 알았다. 오지의 아들이여. 천상에서 내려와 지옥에 발을 디더라. 구원의 문이 보일 것이다. 나는 아둔한 학승처럼 날마다 김지하 죽비에 두들겨 맞았다. 그 숨가쁜 '고행'의 길을 따라 미학에서 정치로, 정치에서 사상으로 한없이 확장되는 세계를 보면서 거듭거듭 깨달았다.

가장 놀라운 것은 전봉준의 형틀에서 최제우의 길을 찾아낸 실로 경이로운 사상의 대장정이었다. 김지하는 심신이 부서져도 멈추지 않고 그 길을 파헤치고 추적해 간 위대한 스승이었다. 조동일과 판소리와 강증산과 김일부와 정감록과 또, 또…. 그것이 나의 길이고, 나의 학교였다. 내 앞에, 내 옆에, 또 내 뒤에 얼마나 많은 '지옥'의 자식들이 태어났는지 모른다.

이 같은 역사가 어찌 지나간 추억이 될 수 있단 말인가.

내가 생각하는 20세기 한국 예술정신의 상상봉은 김지하가 이끌고 이문구가 기록한 『김지하 사상기행』이었다. 그 장쾌한 역정의 발화점이자 꼭짓점 위에 김지하라는 나침반이 새겨진 사실을 나는 한 번도 잊은 적이 없다. 그로 인해 나처럼 캄캄한 오지의 영혼도 세계와 대화할 수 있고, 저 먼 나라 흑인 작가들과 연대할 수 있다는 것, 그러니까 그것은 김지하가 '남'이라고 말했던 '나머지 사람들', 예컨대 대지 위에서 땀 흘려 일하고 사랑하는 '목숨들'이 있는 곳이면 어디든 가리지 않고 '그들의 천한 이웃'으로 뜨겁게 다가갈 근력을 충전 받는 지상 최후의 보루였다.

돌이켜 생각해보면, 비록 가난하게 살지라도 정서적 조국과 영혼의 혈통을 함께 나눈 구도자의 음성을 듣는 기쁨은 얼마나 컸던가?

남모를 골방에서 세상이 어지럽고 혼미할 때마다 형형한 눈빛으로 개벽을 이야기하는 가슴은 얼마나 행복했던가?

나는 당시에도 그 길을 떠나지 않고 있었다. 그래서 「젊은 벗이 김지하에 답한다」를 읽고 꾸짖는 사람을 만날 때마다 나는 그것이 '김지하 사상을 박제화하는 처사'라 생각했다.

4.

그러다 어느 날 갑자기 김지하 시인이 박정희기념관 반대 1인 시위를 마치고 작가회의 사무실에 들렀다. 어른들이 나를 불러 인사를 올리게 했으며, 김지하 시인은 '생명운동'을 위한 네 개의 고언 중 하나가 「죽음의 굿판을 걷어치워라」인데, 하필 그 글을 1번으로 〈조선일보〉에 발표한 게 잘못이라고, 까마득한 후배들과 마주앉아 사과했다. 나는 아직도 그날의 감동을 잊을 수 없다.

이후 몇 차례 선생님을 뵈었는데, 남북작가대회에 대한 구상을 전하는 날은 덕담을 주었고, 아시아-아프리카 문학축제를 앞두고는 그 일이 성사되지 못할 거라 비관悲觀했다. 그러나 만물이 살아 숨쉬는 틈에서 다들 바빴고 주요 행사를 실행할 시기에 주파수를 맞출 수 없었다.

그러면서 나는 한편으로 그 위대한 역사 뒤에는, 독립운동을 하다가 만신창이가 된 아버지를 둔 자식처럼 어둡고 우울한 가족들의 탄식이 있다는 걸 깨닫지 않으면 안 되었다. 김지하의 적손으로 산다는 건 외롭고 슬픈 일이다. 그 위대한 사상의 외피를 둘러싼 그림자를 초월해 언제 어느 때든 경외할 수 있다면 얼마나 좋을까? 오래고 오랜 고문 후유증으로 거동이 편치 않으니, 후학들은 김지하 시인이 필요할 때마다 반드시 모시러 가고 바래다 드리고, 또 누군가 곁에서 부축해야 했다.

그뿐만 아니라 김지하 사상의 대장정을 가로막는 것은 언제나 김지하 시인의 문화 형식, 즉 센세이셔널리즘이었다. 내가 아는 전라도 선배들의 공통점은 늘 '전폭적'이라는 점이다. '위선'을 미워하다 못해 '위악'을 양식으로 삼아 버린 그 아슬아슬한 충격 요법 때문에 나는 늘 가슴을 졸이곤 했다. 세상은 여전히 척양척왜의 파도 소리를 들어야 하고, 가난한 이들은 날마다 개벽의 현주소를 찾아다녀야 한다.

나는 이를 위해 '양 개벽'에서 '음 개벽'으로, '동세 개벽'의 시대에서 '정세 개벽'의 시대로 이동시키려 한 김지하 시인의 의지에 뜨겁게 감격했고 지대한 관심을 가졌다. 그러나 선생님은 어떤 날은 맑고 어떤 날은 흐렸다. 어떤 날은 천국이었고 어떤 날은 지옥이었다.

야속한 일이다. 나는 내게서 김지하라는 스승을 빼앗아간 것이 부와 권력과 명예 따위가 아니라는 점을 매우 중시했으나, 그럴수

록 더욱 괴로운 것은 모든 게 국가폭력뿐이었겠는가 생각될 때였
다.

내가 아는 김지하 시인은 늘 강고한 자기 존엄의 정점에서 살았
는데, 그러나 그 때문에 개체의 나약함은 없었는가 싶을 때마다 나
는 인간의 영혼이라는 광야가 너무도 넓고 커서 슬프고 무서웠다.

5.

나는 그 후로도 오랫동안 『남조선 뱃노래』를 펼쳐들곤 했다. 나
는 지금도 가난한 생명을 조롱하는 난폭한 독재자들을 용서하지 않
는다. 그리고 김지하 시인이 밝힌 사상의 남은 길을 어떻게든 뒤따
라가고자 애쓰곤 한다. 그러나 인간은 아주 사소한 서운함만으로도
서로를 찾지 않는다.

긴 세월 동안 병마와 악전고투하는 김지하 시인만큼이나 한국의
민중의 자식들도 사상가를 잃은 공허감에 시달려 왔다.

내가 김지하 시인의 부음을 듣고 막막한 것은, 위대한 역사적 인
격 하나를 잃었다는 사실에, 그 많은 후학을 남긴 스승이 '나머지 사
람들'의 '섬김'을 못 받았다는 사실에, 그 장엄한 생애가 국가폭력으
로 만신창이가 되어서 말년을 너무 적막하게 보냈다는 사실이 마구
겹쳐 온 까닭이다.

오호 애재라, 우리가 끝내 거리를 좁히지 못하고 별리의 순간을 맞은 결과는 옛 선각들의 지혜를 '지금 이 자리'로 끌고 올 지도자를 잃은 참화이니, 이제 자칫하면 김지하의 역사가 '학문'이 되거나 소수의 '운동'으로 방치될 위기 앞에 놓여 있다. 나는 여전히 그 슬픔과 더불어 이기적 생각을 거두지 못한다. 아! 이제 누가 내게 그 길을 가르쳐 줄 수 있다는 말인가.

　나는 오늘 시인의 그림자 뒤에 엎드려 운다.

선생님, 삼도천 꽃밭
마음껏 걸어가세요

홍 용 희
문학평론가

선생님,

삼도천의 꽃밭을 마음껏 걸으며 가세요.

선생님, 창밖 신록의 가로수 사이로 붉은 연등이 고즈넉하게 불을 밝히고 있습니다. 선생님은 엄혹한 시절, 서대문 형무소 높은 담벼락 안에서 인왕산을 밝히는 연등을 보며 이렇게 노래하셨다지요.

꽃 같네요.

꽃밭 같네요

물기 어린 눈에는 이승 같질 않네요

갈 수 있을까요

언젠가는 저기 저 꽃밭

살아 못 간다면 살아 못 간다면

황천길에만은 꽃구경 할 수 있을까요

삼도천을 건너면 저기에 이를까요

벽돌담 너머는 사월 초파일 시「초파일 밤」

저는 이토록 아름다운 꽃밭을 노래한 시는 세상에 다시 없을 거라고 생각한 적이 있습니다. 그것은 영어의 세월 속 갈망하던 자유이고 평화이고 생명이었습니다.

바로 그날의 꽃밭이 다시 지상을 밝히는 초파일, 저는 선생님께서 운명하셨다는 연락을 받았습니다. 너무도 황망했습니다. 이렇게 갑자기 영면하실 줄은 상상도 못했기에 더욱 그러했습니다. 마침, 코로나 방역 규제도 풀리고 있어 오랜만에 찾아뵙고 팬데믹, 기후위기, 문명적 균열 같은 지구적 대변동기의 현상에 대한 예찰을 마음껏 들어보고 싶다는 기대에 들떠 있던 중이라 더욱 그러했습니다.

선생님의 수묵 화첩을 가만히 펼쳐봅니다. 지본수묵 '매화' 연작입니다. 그 첫 번째 작품에서부터 새삼 숨결이 멈추어집니다. 기굴창연奇崛蒼然이라 했던가요. '기이하게 검고 구불구불한 가지 위에 은은하게 피어난 고요한 꽃'. 마침, 선생님은 매화 옆에 '늙은 등걸 하얀 꽃'이라고 적어 놓고 있습니다. '늙은 등걸 하얀 꽃'을 한참 응시하고 있자니, 어느새 선생님의 모습이 어둑어둑 겹쳐 나오는 것처럼 느껴집니다.

선생님은 이 땅의 질곡의 현대사를 온몸으로 돌파하면서 누구보다 오랜 수난과 고통을 전면에서 감내해 왔습니다. 선생님의 문학적 삶은 전반기에는 불온한 지배 세력에 대한 직접적인 저항에서 점차 불온한 세력까지 순치시켜 포괄하는 살림의 문화, 생명의 문명을 재건하는 방향으로 나아갔습니다. 그것은 변절이 아니라 변화이고 발전이었습니다.

저는 함께 『김지하평론선집』2015을 편찬하며 누구보다 선생님을 자주 뵈면서 많은 대담의 기회도 갖고 훈육도 받을 수 있었습니다. 참으로 개인적으로 소중하고 영광스러운 시간이었습니다. 제가 선생님을 자주 찾아 뵙기 시작한 것은 선생님 문학 세계를 다룬 첫 박사 논문을 썼던 것도 한 계기가 되었지만, 그보다 선생님을 뵈면 항상 또렷하게 깨어날 수 있었고, 세상의 크고 작은 의문들을 해결할 수 있었기 때문이었습니다. 동양과 서양, 논리와 초논리, 직관과 영감, 과학과 종교, 경제학과 미학 등에 걸친 가없는 식견 속에서 굽이치는 선생님의 논리와 어법은 깊은 동굴 속에서 나오는 울림처럼 웅장하고 유현했습니다.

그러나 이제 선생님은 세상에 없습니다. 어느 겨울날 선생님의 전화 목소리가 생생하게 떠오릅니다. "여기 치악산 중턱의 꽃밭머리 찻집인데, 눈 내리는 풍경이 참 좋아! 이런 날 홍 형과 통화할 수 있어 나는 참 좋아." 그때 제가 가서 뵙지 못했던 것을 이렇게 후회하게 될 줄은 미처 몰랐습니다. 선생님, 지금 어디쯤 가시고 계세요? 황천길과 삼도천의 꽃밭을 마음껏 걸으면서 가세요. 언제나 시대의 전위에서 숨막히게 걸어왔던 이승의 시간들은 모두 잊으시고 부디 자유와 평화와 생명의 환희만을 영원히 누리세요.

● 예술편 ──────────────────────────

제2부

원주 집에서(1984, 사진: 박용수, 민주화운동기념사업회 제공)

"

김 시인은 유신독재에 맞선 한국 민주화운동의 선구자였습니다. 김 시인은 지리멸렬하고 암담하기까지 했던 유신독재 철벽을 크게 파열구 내서 민주화의 물꼬를 트셨습니다. 삼십 대 젊은 나이에 기존 민주화운동이 유신체제 수렁에 빠져서 꼼작 못할 때 김 시인의 시적 저항과 지혜로운 연대정신은 아주 독특하고 묘략적인 저항이었습니다. 전자는 당시 「오적」으로, 후자는 종교계와 연대해서 인권탄압 악행을 세계에 전파 시킨 연대전략 입니다. 이 두 가지 창의적 민주화운동은 민족적 민주화운동의 길을 트게 했습니다.

"

김지하로 가는 길

정 지 창

평론가·전 영남대 교수

김지하金芝河, 뭇생명들의 숨통을 틀어쥐고 있는 죽임의 문화에 온 몸으로 저항한 비극의 주인공이 마침내 무대에서 퇴장했다. 1941년 부터 2022년까지 그는 동학농민군의 마지막 생존자로, 분단된 한반 도의 남쪽에서 피투성이가 되도록 '새 하늘 새 땅'을 찾아 헤매었으 나, 끝내 그가 갇혀 있던 감옥을 탈출하지는 못했다. "어두운 시대 의 예리한 비수를 / 등에 꽂은 초라한 한 사내"「1974년 1월」의 이마에 는 슬픔과 고통과 투쟁과 명예와 패배와 배신의 낙인이 찍혀 있다.

　「황톳길」과 「타는 목마름으로」를 비롯한 빼어난 시편들을 절규 처럼 토해낸 저항시인, 「오적五賊」을 비롯한 담시譚詩로 박정희 군사 독재의 본질을 폭로하고 풍자하여 감옥으로 유폐된 민주투사, 희곡 「금관의 예수」와 마당극 「진오귀굿」으로 민중연극의 새 지평을 연 극작가, 「풍자諷刺냐 자살自殺이냐」, 「민족의 노래 민중의 노래」 같 은 독창적인 평론과 시詩선집 『꽃과 그늘』의 후기인 「깊이 잠든 이 끼의 샘」이 바로 그 시대의 가장 첨예한 문학적 쟁점이자 미학의 준 거가 된 민중문학의 도저한 이론가, 심오한 생명사상가이자 동학연구자, 전인미답의 생명문화운동을 열어젖힌 실천적 행동주의자.

'시인 김지하'는 그를 부르는 일반적 호칭에 불과할 뿐, 그의 본질에 부합하는 이름은 결코 아니다. 그를 따라다니는 숱한 찬사와 비난에도 불구하고 김지하는 여전히 '활동하는 무無'이다.

김지하의 육신은 우리 곁을 떠났으나 그의 혼은 여전히 살아 움직인다. 그의 상상력은 끝을 모르고, 왕성한 '구라'는 여전히 생동한다. 첫 시집 『황토』가 독자들에게 당혹과 공포를 안겨주었듯이, 그의 담론들은 여전히 우리의 친숙한 고정관념들을 전복시킨다.

그는 언제나 참된 의미의 전위아방가르드였다. 서정시, 담시, 마당극, '대설大說', 그리고 생명담론으로, 그는 언제나 기존의 고정관념들을 깨뜨리고 상식을 뒤집어엎었다. 비난과 찬사는 의례 아방가르드에게 따라다니는 법, 그는 감옥에서 얻은 깊은 병에 시달리며, 병을 스승으로 삼아 아무도 가보지 않은 길을 헤쳐 왔다.

그리고 "내 생명을 살리는 일로부터 나의 생명운동을 시작하겠다"고 다짐했으나 이런 비난과 찬사 사이의 긴장과 고통은 평생 그를 편안하게 쉬도록 놓아주지 않았다.

1970년대 유신시대의 혹독한 죽임의 감옥 속에서 '빨갱이'의 올가미에서 벗어나려고 필사적으로 저항하여 자유와 민주주의를 갈구하던 저항시인에서 생명담론의 전도사로, 동학의 개벽사상과 증산교의 천지굿을 통해 한반도의 해원과 상생을 이룩하려던 문화운동가로, 그리고 마침내 현대 서구문명의 한계를 극복하고 새로운 개벽의 꿈을 실현하려는 문명개벽론자로 그는 끊임없이 진화해 왔다.

1960년대와 1970년대 민주화운동의 기수였던 김지하가 감옥이라는 한계상황에서 '생명'이라는 화두에 눈을 뜨고, 동학을 비롯한 한국사상의 맥락 속에서 동서양의 생명사상을 녹여 자기 나름의 독특한 생명담론을 빚어낸 것은 20세기 후반부 한국문화사와 사상사의 중요한 사건이다. 그의 생명사상에 대해서는 비판과 옹호가 팽팽히 맞서고 있으나, 어쨌든 한 시대를 상징하던 시인이 민주화운동의 지평을 생명사상과 생명운동으로 끌어올린 점은 누구도 부인할 수 없는 사실이다.

그의 생명담론이 지닌 또 하나의 특징은 그것이 고도의 농축된 시적 언어로 표현되었다는 점이다. 이 때문에 어떤 대목에서는 손에 잡힐 듯이 친근한 이야기로 생명의 아름다움과 신비로움을 풀어내지만, 때로는 고답적인 상징언어와 천의무봉의 상상력으로 우리의 시선이 미치지 못하는 태고의 시간대로 비약하거나 성층권을 벗어난 무한공간으로 질주하기도 한다.

어떤 개념의 그늘에도 잡히지 않는 자유로운 유목민적 상상력, 어떤 장르로도 포괄할 수 없는 도도한 장광대설, 어거지를 쓰자면 '우리 시대의 크나큰 민중광대'라는 이름이 그나마 그에게 어울릴 법도 하다. 1970년대와 80년대의 민중문화운동을 선도한 가장 풍성하고 독창적인 노마드적 예술가이자, 우리 시대 척박한 사상의 황무지에 새로운 민중사상·민중문화운동의 씨를 뿌린 아방가르드에게 붙일 수 있는 호칭은 '민중광대'가 제격이다.

사실 시인, 극작가, 평론가, 사상가, 운동가의 재질을 두루 갖춘 재주꾼이 곧 광대가 아닌가.

광대의 '삼삼구라 빙빙접시'를 어찌 서구적 미학 개념과 담론 체계로 설명할 수 있겠는가. 바흐찐 식으로 구비口碑적 민중언어의 이야기꾼이라고 불러도 어색하기는 마찬가지다. '비천하고 풍요로운 구비문학의 사육제'라는 표현은 그럴듯하지만, 김지하는 장편소설의 이야기꾼과는 생판 족보가 다른 사랑방의 이야기꾼이나 소리판의 광대에 더 가깝기 때문이다.

그렇다. 넓고 큰 재주꾼, 광대廣大가 바로 그의 이름이다.

첫 시집 『황토』의 후기에서 김지하는 '악몽'과 '강신降神'과 '행동'의 시를 추구하겠다고 선언했다. 이후 그는 억눌린 민중의 절규와 원귀들의 한을 전달하는 무당으로서 시대의 어둠을 헐떡거리며 기어나가는 피투성이의 포복을 계속했다. 그런데 이러한 삶과 텍스트의 일치, 삶과 싸움의 일치는 "세계에 대한, 인간에 대한, 모든 대상에 대한 사랑"에서 비롯되는 것이며, 그의 작품들은 모두 이 같은 "사랑의, 뜨거운 사랑의, 불꽃같은 사랑의 언어"이다.

김지하 문학의 원형질은 바로 이러한 약동하는 뜨거운 사랑의 맥

박, 뜨거운 육성의 생생한 느낌이다. 그의 삶과 문학은 늘 내면과 외면의 이중구속으로부터 탈출하려는 간절한 염원으로 요동치고 있으며, "타는 목마름으로" 새 하늘 새 땅을 찾아 헤맨다.

황톳길에 선연한
핏자욱 핏자욱 따라
나는 간다 애비야
네가 죽었고
지금은 검고 해만 타는 곳
두 손엔 철삿줄
뜨거운 해가
땀과 눈물과 메밀밭을 태우는
총부리 칼날 아래 더위 속으로
나는 간다 애비야
네가 죽은 곳
부줏머리 갯가에 숭어가 뛸 때
가마니 속에서 네가 죽은 곳
…

「황톳길」 첫머리

여기서 "나는 간다 애비야"라는 직접화법은 "나는 간다"라는 서술형과는 생판 다른 직접적인 호소력과 생동감을 가지고 독자에게 다가온다. '나'라는 시적 화자는 넋두리나 독백을 하는 것이 아니라 '너'라는 '애비'에게, '가마니 속에서 죽은 애비'에게 직접 말을 건네고 있다.

독자는 여기서 폭염의 한낮에 시뻘건 황톳길을 따라 철삿줄에 묶여 가는 '나'가, 죽어 가마니에 덮여 있는 '애비'에게 던지는 마지막 하직 인사를 듣는 듯한 느낌을 받는다. 이 순간 독자는 마당판의 관객이 되어 버린다.

그리고 이러한 직접적인 호소력은 "나는 간다 애비야 네가 죽은 곳"이라는 구절의 반복에 의해 증폭된다. 이 구절은 마지막 연에서도 긴박한 호흡으로 반복됨으로써 그 효과는 극대화된다. 관객의 반응을 계산하고 긴장감을 고조시켜 자신의 호흡에 일치시키는 솜씨는 바로 노련한 광대의 그것과 다를 바 없다.

「황톳길」을 비롯한 서정시와 「오적」을 비롯한 담시, 「진오귀굿」을 비롯한 마당극마당굿은 장르의 차이에도 불구하고 모두 민족적 정서를 바탕으로 판소리와 탈춤, 가사, 민요 등 민족 전통의 형식을 원용하고 있다는 공통점을 지닌다.

또한 대체로 구어체이면서도 독자나 관객을 향해 말을 건네거나 주고받는 '이야기체'로 되어 있다.

1970년을 기점으로 민중광대 김지하는 텍스트와 삶의 일치를 추구한 서정시와 독창적인 민족형식인 담시와 마당극, 민주화에 대한 열망과 생명사상을 바탕으로 한 민중문화운동의 질풍노도시대를 열었다. 그 영향력은 문단을 넘어 연극채희완, 임진택을 중심으로 한 마당극운동, 인혁당 사건을 다룬 연우무대의 「4월 9일」이나 극단 아리랑의 「인동초」 같은 기록극, 미술오윤의 민중판화, 음악김민기의 민중가요, 영화장선우의 「성공시대」 등, 가톨릭농민회와 한 살림운동 등 여러 방면으로 확산된다.

1980년대 이후 김지하는 담시와 '대설'을 통한 왕성하고 다성적多 聲的인 외향적 발언에서 점차 내향적 성찰과 침묵으로 이행하는 경향을 보인다. 그러나 서정시와 담시, 희곡, 담론 등을 뭉뚱그려 보면 발언의 총량은 결코 줄어들지 않는다. 시의 경우, 초기의 풋풋하고 피맺힌 절규와 중기의 무성한 '구라'가 점차 잦아들어 필경 잎떨군 앙상한 가지처럼 짧은 시행 몇 줄만 남았다가 마침내 묵언默言으로 접근하지만, 이와 반비례하여 이른바 사상 담론은 풍성해지고 다양해진다. 초기의 김지하는 글을 통한 발언이 왕성했다면, 시간이 지날수록 글의 양은 줄어들고 말의 양은 많아지는 것이다.

광대는 언제나 관객과 몸짓과 서설로 대거리한다. 김지하도 언제나 관객에게 직접화법으로 호소하기를 좋아한다. 그가 글보다 말쪽으로 쏠린 것은 광대의 체질상 당연한 일이었는지도 모른다.

김지하는 1980년대 이후 주로 시사적 화제의 대상으로만 주목을 받았다. 그에 대한 동시대인들의 침묵은 이유야 어떻든 우리 시대의 가장 중요한 문화적 현상을 간과하는 직무유기일 것이다.

이제는 그의 말과 글, 즉 텍스트 전체를 차분하게 검토할 때가 되었다. 김지하가 없었다면 20세기 후반부의 한반도는 얼마나 쓸쓸하고 헐벗은 적막강산이었을까.

그러나 김지하라는 큰 산은 틈이 많은 빈 산이다. 노년의 김지하는 청년 김지하 자신을 부인하는 듯한 자기모순을 드러내기도 한다. 그렇다면 필화사건을 일으킨 문제의 장시 「다라니」와 「젊은 벗들! 역사에서 무엇을 배우는가」 같은 시론時論들, 심지어는 그의 난초 그림과 병病과 침묵까지도 함께 거두어 총체적으로 평가하는 것이 그에게 많은 것을 빚지고 있는, 30년 군사 독재의 격랑 속에서 살아남은 자들과 거기서 태어난 자들이 할 일이 아닐까.

※ 이 글은 2002년 2월 문예미학회에서 염무웅 선생 회갑기념 특집호로 발간한 논문집 『민중문학』에 실린 졸고 「광대廣大의 상상력과 장광대설長廣大舌」을 축약, 수정한 것이다. 앞으로 이 논문을 수정, 보완하여 본격적인 김지하론으로 발표할 생각이다.

흰그늘의 미학행, 씻김의 자리,
향아설위의 자리입니다

채 희 완

민족미학연구소 소장

1.

무당은 신의 일을 행하는 자라고 스스로 그럽니다.
신의 일을 하던 이가 돌아가셨으니
이제 누가 그 일을 하여야 하는 것인지요?
노겸 김지하 시인은 살아생전,
이도 저도 발붙이지 못하고 죽어 떠도는
'찢어진' 중음신으로 산다고 하셨습니다.
중음신으로 살던 이가 이제 돌아가셔서
중음신이 되어 떠돌고 있습니다.
살아 중음신이 죽어 또 중음신이 되었으니,
이 노릇을 어찌 할 것인가요?
중음신의 중음신이니,
풍자인가요? 해탈인가요? 역려逆旅인가요?
살아남은 자는, 남녘땅 사람들은

언제나 비통하고 억울하고 참담합니다.

거듭되는 고통과 고난과 폭풍우의 바다에

어디라 정착도, 침몰도 못하고 떠도는

난파선이라 비유하였다지요?

거듭되는 피난과 유랑과 병마의 바다에 떠도는 신세니,

갖은 몸고생, 마음고생 끝에 가셨으니,

살아남은 자들은 참으로 가련하고 불쌍합니다.

이제 남은 자들이 모여

떠도는 혼이 안착하기를 비는

민중문화예술 49재를 올립니다.

2.

1981년 초 봄 서울 어느 중국인 식당에서

6년 8개월 만에 감옥 생활에서 생환하신

김지하 시인을 맞이하여,

흩어진 김지하패 광대들의 모임에서입니다.

오랜만의 맞절을 마치기도 무섭게

감방에서, 절대 고독과 절망의 시공간에서 뜨겁게 흘린

환희의 눈물을 얘기하셨습니다.

하나는

쇠창살 사이에 티끌이 쌓여 손톱만 한 흙덩이에

어디선지 날아 심어진 씨앗이

뿌리를 박고 싹을 틔운 풀잎을 보고서입니다.

생명의 거룩함과 신비에

눈물로 쏟은 환희이었지요.

또 하나는

동학 2대 교조 해월 최시형 신사께서 말씀하신

'향아설위向我設位'를

어두운 감방에서 넌즛 듣고 하염없이 흘린 눈물이랍니다.

두 번째 흘리신 눈물의 의미는 묘연하기만 해서

아무도 그 자리에선

동의, 동감의 눈물을 함께 흘리지 못하였습니다.

한울님을 모시고 있는 존재인

나를 향해 제상을 차린다는 뜻인 줄

그때 듣고 알게 되었지만,

그것이 민중에 대한 깨달음인 줄은 몰랐습니다.

나중 민중의 개념이 사회과학적 개념을 넘어

생명의 담지자로 깨닫게 되고,

'향아설위'가 바로 '민중의 내면적 생성적 시간임'을

깨닫게 되기는 한참 뒤였습니다.

민중의 시간이란

"자기만의 소망에 의해 생성하고,

자기의 그리움과 목적의식이

자기 소망에 의해 자기 안으로 들어가는

충만한 시간"입니다.

우리는 그 다시없는 그 자리에서,

진정한 민족광대란

민중의 중첩된 정서 체험을 전승하는 예인으로,

개체보존의 생명에너지를 덜어낸 바로 그 빈자리에

민중의 신명을 채움으로써,

그 자신의 신명으로

일반 민중의 숨은 신명을 불질러 내는 무당인 것임을

스스로 다짐할 따름이었습니다.

3.

이제 김 시인의 살아생전 걸어오신 험로를 더듬어

살아남은 광대들의 추모굿

"남녘땅 뱃노래"를 올립니다.

황토길, 타는 목마름으로,

새, 밥, 남녘땅 뱃노래를 거쳐

드디어 '흰 그늘의 미학의 길'에 들어섰습니다.

버림받은 자, 현대판 이 땅의 바리데기들의 서천행이,

여성 동학, 여성 후천개벽,

생명 평화 우주개벽의 미학행으로 길을 재촉합니다.

그러나 가는 길은 결코 평탄치 않습니다.

1974년 2월 25일

〈고행-1974〉의 아프고도 좋은 인연을 드높이는 한편으로

1991년 5월 5일

"젊은 벗들! 역사에서 무엇을 배우는가,

죽음의 굿판 당장 걷어치워라"

2014년 4월 16일

'세월호의 죽임의 바다' 등에 낀 살을

풀어 헤치지 않고서는,

죽임을 죽인 뒤끝에 남겨진 어둠의 응어리를

샅샅이 쓸어 거두어내지 않고서는

결코 화해와 평화의 바다에 이르지 못할 것임을

알기 때문입니다.

오늘 문화패가 올리는 문화예술 49재는

이 시대 흰 그늘의 미학을 찾아 나선
생명평화 신명천지 굿입니다.
카타르시스가 아닌 '씻김'의 자리,
'화해', '평화'의 자리입니다.
5만년 만에 다시 못 올
향아설위의 자리입니다.

4.

생명평화 신명천지의 바다로
닻을 올려라.
뒤돌아 보지도 마시고,
더 이상 깊게 들지도 마시고,
생명평화의 바다,
신명이 샘솟는 좋은 나라에 닿아
유목적으로 정착하소서.

세 가지 길을 열고 가신 선구자,
김지하

김 봉 준
화가·오랜미래신화미술관 관장

지성이 빛을 잃으면 나라도 빛을 잃어요.

　우리는 지금 지성의 빛 하나 꺼져 가는 밤을 보내고 있습니다. 김
지하 지성, 우리는 이 떠나가는 지성을 눈감고 외면하거나 지나가
는 객 보듯 한다면 얼마나 손해일까요. 아쉬움이 많은 작별이라면
못다 한 말, 못다 한 생각들이 많다는 것입니다. 한때 한 세상 빛나
던 지성과 작별이 그리 쉬운가요. 그 작별이 고향의 벗들과 이별이
라면 더할 나위 없습니다.

　김지하 시인은 한국의 민주주의와 문학예술과 사상사에서 창조
적 행적을 남기셨습니다. 길지 않은 인생을 살면서 이만한 두께로
노적을 쌓기가 쉽지 않지요. 나는 김 시인이 떠난 자취를 돌아보고
문화 행적을 살피는 연구가 수십 년은 계속되어야 한다고 봅니다.
한국은 분단체제로 막힌 길을 못 찾는다면 나라와 개인도 불행한
일입니다. 김 시인은 분단체제를 탈출하는 '비밀의 길'을 흘리고 갔
습니다. 김 시인 행적에는 명증한 언행으로 남긴 것도 있지만, 하다

만 것도 있고, 상징적 언표로 손짓만 하고 만 것도 있어요.

백낙청 선생이 김 시인 작고 직후 말씀하셨듯이 "김 시인은 한국 문예와 민주화운동의 선구자"였습니다. 저는 여기서부터 김 시인을 보고 싶습니다. 무엇이 선구자인가? 오늘 제 말씀은 여기서부터 시작해서 답변드리는 것으로 끝내렵니다. 선구적 과업과 그분이 남긴 숙제들을 간단히 짚고 싶습니다. 저는 학자가 아니고 지역에서 문화운동하던 예인입니다. 아는 게 없고 문장력도 없어 간단히 이야기로 하렵니다. 김 시인이 좋아하는 담론 방식으로 구비적 대화를 나눌 뿐입니다. 일개 화공의 이야기가 될 것이니 이해 바랍니다. 그림 그리다 독서하고, 조각을 하다 밭을 일구며 신화미술관 청소하며 사는 산골의 잡부입니다. 무엇하나 제대로 이룬 것 없는 부족한 놈이니 기대 마시기 바랍니다. 그럼 이야기해 보겠습니다.

김 시인은 세 가지 점에서 선구적 업적을 남기고 가셨습니다. 한국민주화, 한국문예, 한국사상입니다. 세 가지를 차례로 말씀드리겠습니다.

김 시인은 유신독재에 맞선 한국 민주화운동의 선구자였습니다.

김 시인은 지리멸렬하고 암담하기까지 했던 유신독재 철벽을 크게 파열구 내서 민주화의 물꼬를 트셨습니다. 삼십 대 젊은 나이에 기존 민주화운동이 유신체제 수렁에 빠져서 꼼작 못할 때 김 시인의 시적 저항과 지혜로운 연대정신은 아주 독특하고 묘략적인 저항이었습니다. 전자는 담시 「오적」으로, 후자는 종교계와 연대해서 인권탄압 악행을 세계에 전파 시킨 연대전략입니다. 이 두 가지 창의적 민주화운동은 민족적 민주화운동의 길을 트게 했습니다.

문화투쟁과 국제적 연대투쟁으로 한국민주화운동의 새 길이 열린 것입니다. 문화투쟁은 6.3 한일굴욕외교 반대투쟁 때부터 보여준 시위 방식을 '민족적 민주주의 장례식'으로 연출한 것부터 시작합니다. 데모에 문화예술을 적극적으로 결합했습니다. 민주화운동은 민중과 같이 가는 민족문화운동이 꼭 필요하다고 보았습니다. 이 때부터 데모에는 고사문과 민요가 나타납니다. 오적이 갑자기 튀어나온 저항시가 아니라 십여년 전부터 시도한 구비문화에서 저항문학을 만들기였습니다. 민중의 민요, 판소리, 고사, 설화 등을 활용한 저항시가 대학생 민주화운동에서부터 시작합니다. 새로운 민중적 저항문화를 만들기 시작한 것입니다. 이런 '60, 70년대 김지하의 구비문화 계승 흐름은 '80년대 들어서 민중의 참 얼굴이 본격적으로 드러나던 구비적 민중문화르뽀문학, 민중마당극, 민중가요, 노동시, 걸개그림과 판화 시대를 열었던 기초가 되었습니다. 역시 이 대목이 선구자입니다.

김 시인은 위기에 빠진 학생운동 최고의 책임을 도피하지 않고 감당했습니다. '민청학련사건'은 북과 내통으로 만들어 용공조작을 하려 했던 거대한 음모였습니다. 이런 음모를 부숴 버리기 위해 기독교 목사들과 가톨릭 사제 지학순 주교까지 민주화운동에 연대시켜 인권탄압 사건으로 해석되게 하여 세계 여론에 호소하게 만듭니다. 이로써 '빨갱이 사건'을 무력하게 하고 한국 학생운동의 탄압에 대한 저항을 국제사회와 연대하게 만드는 계기를 만들었습니다. 이 점은 분명히 김지하 시인의 지략으로부터 나왔음을 이부영 자유언론실천재단 이사장(김지하추모문화제추진위원장)께서 최근 서울 천도교당에서 열고자 준비하던 추모문화제 추진준비위에서 말씀하셨습니다. 이런 묘책이 아니었다면 박정희 유신독재의 살인적 탄압을 피하기 쉽지 않았을 겁니다. 남민전, 장준하, 그리고 민청학련의 살인적 제거로 완전 공포정치로 나가고 있었습니다. 이 고리를 단호하게 끊어서 국가폭력의 한계를 노출시켰습니다. 1970년대 후반에는 주춤주춤 유신독재의 공포정치가 밀리게 되었고 급기야는 부마항쟁, 5.18항쟁의 민중저항기로 접어듭니다. 장준하, 김지하, 백기완 등의 선구적 민주화투쟁이 있어서 민주화의 여명기를 맞이했다고 봅니다.

둘째, 김 시인은 한국문학예술의 선구자였습니다.

한국문예 주류가 모더니즘 수용에 주력할 적에 김 시인은 "받아들이는 건 다 좋지만 중심을 잃어버리지 말자."고 판단합니다. 그래서 김수영 시학과 결을 달리 하면서 『창작과 비평』과도 좀 불편한 관계를 감수하면서 문체론으로 논쟁을 걸었습니다. 김 시인은 한국문예의 무비판적인 서구 모더니즘의 수용이 위험하다고 보았으며, 거대한 한국 구비문화 전통을 한국문학의 수원지로 끌어들였습니다. 김 시인의 문학에서 담시, 담론 등의 양식은 구비문학 전통으로부터 나온 것입니다. 민요 판소리 설화 등에서 적극 배우고 수용하고 재창조합니다. 판소리 아니리가 가락을 탄 운문적 산문임을 중시하고 담시로 살려냈습니다. 산문적 운문 구조를 띤 판소리의 열린 형식을 담시 「소리내력」 등에 담아서 계속 살아 있는 현대의 문체임을 증명했습니다. 전통을 모시며 재창조했던 것입니다. 문학에 그치지 않고 연극, 음악, 미술에서 창조적 지평을 열었습니다. 미술모임 현실동인의 선언 1969년 '예술은 현실의 반영이다'라는 장문의 선언문 초안을 집필합니다. 저도 미대시절 1977년경 읽었습니다만, 탈춤운동을 하던 저에게 모더니즘의 기계적 수용을 받아들이지 않고 민족적 전통미술의 가능성을 강조하는 선언문이 용기가 되었습니다. 민족예술운동을 위하여 김 시인은 청년 민족예술인들을 키워야 했습니다. 마당극창작탈춤에 채희완 임진택, 음악에 김민기 김영동, 미술에 오윤 김봉준 홍성담, 영화에 장선우, 춤에 이애주작고 등이 대표적인 인물로, 지금도 대부분 맹활약하는 현역의 '마당예술' 인들입니다. 김지하의 구비문화전통의 적극적 계승정신으로 인하여 '70년대는 탈춤부흥운동 등 전통문예부흥운동이 생기게 되었고,

이것이 점점 자라서 현재의 민족예술로 자리 잡게 한 초석이 되었습니다.

지금 세계에서 인기가 많은 한류는 김지하 시인과 '마당예술가'들의 민족예술운동이 원조라고 저는 봅니다. 백기완, 심우성, 조동일 등도 '60년대부터 민족문화운동에 동행하셨던 선구자들입니다. 한류는 우리 민족전통문화를 창조적으로 계승하면서 민주화정신이 깃들어 있습니다. 전통을 존중하고 배우면서도 비판하고 거역하는 창조적 해석력은 김지하 시인과 민족예술인들의 전통 모심과 창조적 거역 정신으로 계승합니다. 한류는 K-민주주의, K-드라마, K-팝, K-후드, K-방역에 이르며 세계는 한국문화에서 배우고 있습니다.

김지하의 민족예술에 대한 사랑과 창작의지는 무엇보다 고향 목포와 해남, 호남의 뿌리깊은 문화전통과 이어져 있기에 생긴 것입니다. 김 시인만큼 고향의 문예 전통에 음덕을 많이 받고 자란 문예인이 있을까 여겨집니다. 뭣 하나 빠지지 않는 남도의 재인이었으니까요. 시, 노래, 판소리, 그림, 등 시서화가무악의 6절입니다. 김 시인이 시대를 잘 타고났다면, 아니 험난한 시대 불행을 약삭빠르게 피하며 예술에만 전념했다면 더 많은 예술 업적이 나왔을 겁니다. 민족적 대서사시가 나오거나 나운규 〈아리랑〉 이후 대표적인 한류 영화도 만드셨을 겁니다. 채희완 연출의 〈천지굿〉, 임진택 연출의 〈밥〉, 김민기 연출의 〈금관의 예수〉 등 명작은 모두 김지하 희곡이거나 원작입니다. 「소리내력」, 「오적」은 판소리를 아는 분이기에 작사가 가능한 창작판소리 대본입니다. 김 시인의 '흰 그늘'의 미학 역시 판소리 수리성이나 시김새를 예로 들어 특징을 이해할 수 있게 설명합니다. 지역 토속어에는 운문적 산문, 산문적 운문이 숨쉬듯이 살아 있음을 잘 아시고 창작문예에 활용하셨습니다. 표준어에선 사라진 방언의 말가락 특징입니다. 민화, 불화, 풍속화, 고구려벽화 등과 같은 '계레붓그림'에는 도상적圖像적인 붓가락이 숨쉽니다. 임서모화臨書摸畵로 조상이 남긴 도상을 모방하면서도 자기 붓가락을 만들어 타고가는 모방적 창의성이 계레붓그림의 특징입니다. 표현의 가락을 지닌 구비문화적 특징을 중시했습니다. 이것은 훗날 율려라고 말하며 탐구했습니다. 김 시인의 묵난과 서체에도 붓가락이 아주 개성적으로 살아 있습니다. 김 시인은 전통의 모방만 하는 예술을 싫어했습니다. 무엇을 선택하고 어떻게 해석할 것인가. 여기까지 나갔습니다. 김 시인이 언표하듯 창작이란 살아 생동하는 것으로 모시模做며 거역창작하는 '이중모순의 진리'입니다.

　1991년 서울 미호화랑김봉준초대전에서 김 시인과 채희완 교수와 내가 함께 나눈 '신명이란 무엇인가' 대화에서 한국 미의식의 본질을 신명으로 보자는 데 합의합니다. 그리고 여기서 한 발 더 나가 신명이란 "생명 에너지의 고양된 충족"이라고 개념 정리를 김 시인이 직접 하셨습니다. 또는 "신명은 확대된 자아다."라고 풀이하셨지요.

네, 여기서 이미 생명의 미학사상이 나오고 있습니다. 1983년부터 나는 풍물과 굿과 마당극에서 나오는 신명을 한국 미의식의 본질로 보자며 미술동인 '두렁' 창립선언문에 명시하였고, 탈춤운동을 주도 하였던 채희완 교수도 이 무렵 벌써 집단적 신명론을 펼치고 있었 으니, 십년이 지나는 1991년 토론에서는 '생명의 멋이 신명이다'라 는 결론에 이른 것입니다. 이후 『탈춤의 민족미학』실천문학사, 2004은 김 시인의 미학을 잘 보여주는 저서입니다. 한국의 미학사상은 아 직 미완의 길이지만 일제강점기 일본학자 야나기 무네요시가 말한 '조선의 민예미'를 최초로 본격적으로 극복한 출발지라고 봅니다. 한류가 쏟아지고 있는 이 시대에 '한국의 미' 특성을 잘 정리하는 것 은 후학들의 큰 과제로 남습니다. 요즘은 예술이 빠르고 학문은 느 립니다. 김 시인처럼 학예일치형 공부를 안 하기 때문입니다.

한국의 미적 정체성을 김 시인처럼 오래도록 변치 않고 집요하게 찾은 분을 그 세대에서는 보기 드뭅니다. 김 시인은 더 말합니다. 우주의 본本, 큰 우주적 생성이 쪼가리 쪼가리의 무수한 인간들 속 에서, 개인 주체 안에서 어떻게 파악되는가? 묻습니다. 동학에서는 지기至氣라 하는데 김 시인은 '흰 그늘'이라 부릅니다. 물방울 하나 와도 대화를 하는 접화군생接化群生의 마음, 천지공심天地公心이 우러 나는 우주 사회적 공공성이 발현되는 한마음이 지극한 예술 정신이 라고 합니다. 지예至藝는 국가와 민족도 넘는 우주 사회적 공공성에 이르는 것입니다. 한류가 여기까지 가는 것을 목표로 제시한 것이 아닌가 합니다. 한류의 미학을 본격적으로 펴지 못하고 돌아가셨으나 '한류 미학'의 선구자이었습니다.

셋째, 김지하 선생은 생명사상의 선구자입니다.

현대 한국사상사는 아직 완전히 성장한 단계는 아니지만 새로운 사상이 성장해 온 것은 사실입니다. 함석헌과 그 스승인 유영모 선생의 '씨알사상'이 일제강점기부터 개국 초기에 형성된 기독교와 주역사상과 현대 비폭력평화사상 등이 결합하며 형성된 사상이라면, 생명사상은 동학과 민주주의 정신과 민족문화운동이 결합하면서 싹이 튼 사상 같습니다. 장일순과 김지하는 서울대 미학과 선후배 사이로 정치경제 사상 주도의 20세기 이념적 사상과 다르게 문화적 사상의 경향이 강합니다. 21세기는 문화가 주도하는 문명전환기이기 때문에 정치경제 사상만으로는 사고의 폭이 좁습니다. 생명사상이 경제정치 시스템을 새로운 사상의 토대로 분명히 둔 것은 아니지만, 국가와 대기업 주도 경제보다 자립 자생적 지역생태공동체 경제를 물적 토대로 한 새로운 문명을 예감한 문화사상적 측면이 강합니다. 주역과 같은 동양의 무위자연사상에서 배운 것은 같고, 제국의 침략에 저항했던 동학사상에서 배우고, 분단체제 국가폭력에 피해를 당하면서 얻은 결론은 기존 민주화 방식과 사고로는 분단체제 모순이 해결되지 않는다고 생각한 것 같습니다. 장일순 선생은 언어보다 실천으로 생명사상을 담지하고 계신 듯하고, 김지하 선생은 본격적으로 맑시즘과 자본주의를 쌍비판하며 생명사상의 담론을 전개했습니다. 김 시인은 말씀하셨습니다. "파리나 모스크바나 동일한 도시문명을 지향해 왔다. 맑스주의나 자본주의는 같은 이원론적 세계관의 산업문명 쌍생아다"라고 비판하셨습니다.

김 시인은 현실에서 배웠습니다. 당시 새로 형성되고 있었던 생명공동체운동입니다. 김 시인은 원주에서 살면서 박재일 선생이 농민운동의 미래를 걱정하며 유기농산물 소비조합 '한살림'을 제안하자 한살림의 배경 사상까지 고민하게 됩니다. 한살림운동은 가톨릭농민회가 더는 방향을 못 찾을 적에 '한살림'의 발의자 박재일이 장일순, 김지하 등을 찾아가 도모합니다. 이 세 분에 의해서 한살림은 생명사상과 생명운동의 실천으로 출발했다고 알고 있습니다. 한살림 선언문을 기초한 김지하가 생명사상으로 선언문을 제출한 것입니다. 모든 생명은 본래 우주 사회적 공공심을 갖은 물아동포라는 동학사상을 계승합니다. 서구 유물론의 허상, 이원론적 서양철학의 모순을 비판하며 협동과 자치의 삶에서 희망을 찾습니다. 이런 사상적 변이가 나타나는 것은 사회운동의 흐름이 먼저 있었기에 가능했습니다. 장일순 선생은 자립적 금융조합의 필요성을 느끼고 '밝은신협' 한국 최초의 신협 창립을 주동하셨습니다. 당시 가톨릭 농민회 교육부장이었던 정성헌 선생의 말씀을 들어보면 "가톨릭농민회가 '70년대 권익투쟁 중심의 민주화운동의 한계를 넘어 생명공동체운동으로 전환하는 동력을 만들고 있었으니, 70년대 이래 마을협동사업과 미생물농법 등 유기농을 실천하는 농부들이 생겨났고, 나눔과 섬김의 생활공동체를 실천한 정호경 신부의 사회변화 통합실천이 있었습니다. 무조건 경제투쟁 중심으로 민주화운동하는 것이 한계가 온 것을 직감한 일군의 생명살리기운동_{가농에선 생명공동체운동이라 불}렀다이 있어서 생명사상의 토대가 되었다"고 봅니다. 저도 당시 기독교농민회에서 문화부 간사로 활동하면서 가농의 변화를 지켜보았습니다.

훗날 계속 이어지는 김 시인의 집필로 사상이 깊어지고 넓게 다듬어지며 더욱 발전하지요. 과문한 저는 생명사상이 한살림선언에서 시작해서 『밥』, 『남녘땅 뱃노래』, 『흰그늘의 미학』, 『탈춤의 민족미학』, 『애린』 등으로 나아갔다고 봅니다. 김 시인은 그 후로도 동학, 지역생태인 지리, 판소리, 탈춤, 춤, 지역운동과 '사상기행' 등으로 대화하며 사상과 미학의 선구적 사색의 서식지들을 지역 곳곳에 사람 관계망으로 구축합니다. 김 시인의 생명사상은 동학의 창시자 최제우의 시천주, 생명 신령론과 최시형의 향아설위와 물아동포론을 적극 계승하는 한편 이 근거지가 해남, 원주 등의 지역생활에서 많은 문우와 소통을 통해서 축적해 갔습니다. 정리하자면 김 시인의 생명사상은 원동학에 뿌리가 닿아 있고 지역 생명살리기운동과 지역 문화운동이 관계망을 이루고 있음이 명백해졌습니다. 생명사상의 발아 지점을 찾아 글로 기록하려니 또 다시 정성헌 님, 채희완 님, 김선종 님의 도움을 받았습니다.

한편 현실 정치투쟁을 외면하고 독재타도 투쟁에서 빗나갔다는 비판이 있는 것도 좁은 운동권 시각에서는 사실이나, 원주 지역사회운동과 전국 가톨릭농민회 및 생명공동체운동의 관점에서는 유신독재가 끝나고 산업사회가 본격화 되면서 자본시장 권력으로 권력이 이동하는 흐름을 보고 있었던 것 같습니다. 이제는 사회운동의 궤도를 독재정치에서 맞서는 투쟁가지고는 한계가 있고 자본 권력에 대응할 민중 자치와 협동적 삶을 주목한 것입니다. 생명운동은 농민운동과 지역사회운동의 성찰에서 시작한 대안적 사회운동이었으니 생명사상의 도래를 기대한 것은 당연한 것입니다. 유럽이 네오맑시즘 사상으로 펼친 6.8혁명은 좌절하고 뉴에이지운동으로 생태주의 녹색당, 지역자치 진보적 예술이 정통 맑스주의를 벗어나서 제3의 대안사회운동을 펼칩니다. 이와 같이 동양에서는 일본에도 후기산업사회가 도래하면서 60, 70년대에는 대안사회운동을 찾았습니다. 일본은 전공투로 대변되는 민주화운동이 극좌적 투쟁으로 흘러 대중성을 잃어버렸습니다만, 신협과 협동조합운동이 새 시민운동으로 나타납니다. 문화운동도 없고 대중집회도 형성하기 힘든 일본 사회의 개혁 주체는 소극적인 경제협동운동에 집착합니다. 반면에 한국은 좀 뒤늦기는 하지만 경제협동운동과 더불어 문화운동도 살아남아 지역사회운동의 삼대 흐름인 경제협동과 자치운동과 문화운동이 80, 90년대에 형성되었습니다. 이런 광범위한 사회운동의 부문별 운동 확산이 지금도 계속되고 있어서 2016~2017년 일어난 촛불시민혁명의 뿌리가 되었습니다.

여기에 김 시인의 생명사상이 더 독특한 것은 동아시아 전통문화 사상에서 배웁니다. 동학이 그렇듯이 조선민중의 신앙이자 문화인 굿에 원형문화적 뿌리가 있음을 자각합니다. 전통사상을 계승하면서 서양 생태주의 사상과 궤도를 달리한 점이 김지하의 창조적 학행입니다. 낡은 것이라고 외면했던 동학과 굿을 재해석한 점은 놀랍게도 탁월합니다. 동학의 모심, 밥, 향아설위, 천지공심 등의 창조적 해석입니다. 무엇을 선택하고 어떻게 해석하느냐가 창조적 길로 가는 핵심입니다. 이로써 사상의 자주성뿐만 아니라 사회와 문화의 지성에 주체성을 세우는 데 큰 기여를 했습니다. 이때부터 김 시인은 '남사상' 남녘 땅 남은 사람들이북녘의 주체사상이 아니라 새로운 사상을 준비하자는 말씀을 강조했습니다. 동학, 남학, 기학 등 김지하의 '남사상' 공부에 주안점을 두자는 제안을 어떻게 받아 안을 것인가도 숙제입니다. 이 한국사상사의 계승을 위해서도 오늘 우리는 김지하 문화제와 학술제 등을 계속하고 있다고 봅니다.

이번 2022년 8월 27일 〈시인의 고향 목포, 김지하문화제〉에서도 진도의 씻김굿으로 망자를 천도하는 의례굿을 했습니다. 남도는 굿을 외면하지 못합니다. 수천년 동안 가족을 위해 바다로 나가 어부로 살다가 바다에서 죽은 수많은 아비들의 혼이 수몰된 곳인데 바다를 향해 굿을 하지 않으면 어디다 절합니까. 조선은 해변의 어촌마을이 굿의 본산입니다. 자연숭배를 미신이라고 치부하는 유일신 사상이나 오리엔탈리즘은 이제 문화다원주의 시대에 낡은 사고입니다. 그만 멈추기를 바랍니다. 민중은 재수굿보다 진오귀굿을 더 중시해 왔습니다. 아주 오랜 자연숭배 신앙을 남도 민중은 계승하고 있습니다. 굿은 요즘처럼 협애한 개념이 아닙니다. 무굿, 풍물굿, 두레굿, 고사굿, 대동굿, 도깨비굿, 오구굿, 재수굿을 다 포괄하는 민중의 신앙이자 조직문화이자 예술이자 대동놀이이자 구비문화로 보는 것이 맞습니다. 굿은 동아시아 원형문화인 샤머니즘의 한반도식 유형입니다. 동아시아가 서구 인간중심주의 철학, 개인주의문화, 이원론사상에 다 포섭된 중남미처럼 문화식민지를 겪지 않고 있는 것은 우리가 원형문화를 잃지 않고 있기 때문입니다. 이것은 아시아 원형문화의의 음덕이고 아시아 지성 덕입니다. 동아시아 지역 어디를 가도 샤먼, 도교, 불교, 신사, 굿, 보, 뵈 등 토착신앙 문화가 뿌리 깊이 남아 관광객들도 가서 보고 놀랍니다. 베트남의 지성도 다시 굿문화를 문화정체성으로 깨닫고 베트남 굿과 조선의 동학을 비교하며 공부합니다. 브리야트, 대만, 일본, 몽골, 남부중국, 네팔, 인도, 인도차이나, 인도네시아, 말레이의 민중은 이 아시아 문화의 특징을 보이고 있습니다. 이 아시아 문화의 특징은 모든 생명은 마음이 있다는 범신주의, 서로 다름을 존중하는 공생주의, 자연과 인간이 한 핏줄 인연이라는 물아동포주의입니다. 이것이 아시아 민중 영혼문화의 지엄한 가치입니다. 서구에서 온 생태주의는 물질의 마음을 인정하지 않아서 지구를 자원으로 함부로 남획하고 동식물을 무정하게 죽임을 아픈 마음으로 여기지 않습니다. 여전히 인간중심주의입니다.

동학은 아시아 원형문화 반석 위에 사상의 기둥을 세웠고, 생명사상은 서까래를 얹었습니다. 이제는 후세가 지붕을 덮을 차례입니다. 그렇게 되면 아시아 수천년의 구비문화에 독자적 인문문화가 최초로 형성될 것입니다. 이미 서양에선 청산주의로 배격한 물질속 마음의 학문입니다. 일체유심의 동학과 생명문화를 모시고 살려아시아의 현대사상을 만들겠다는 것이 김 시인의 사상입니다. 김지하 시인이 남도 고향 문화를 못 버리고, 어머니 대지신화로 섬겨 온것도 원초적 아시아의 생명문화 때문입니다. 신안이 고향인 서남동목사가 김 시인의 담시 담론에 영향 받습니다. 서남동 목사도 남도구비문학과 성경을 비교하는 것으로 민중신학을 창의한 것이니 남도 '어머니 대지문화' 때문입니다. 남도는 갯벌 속에서 바지락 문어

김지하 추모문화제(2022.6.25 천도교중앙대교당, 사진 김봉준)

만 캘 것이 아니지요. 제주도나 남도는 "당오백 절오백"이라 할 정도로 대지신화의 신성지대이거늘, 이곳 지자체는 원형문화자원을 아직도 쓸 줄 몰라 외면하고 있습니다. 다시 근대주의는 가고 탈근대의 문화 다원주의 시대가 왔는데도 교육과 행정은 제자리 뛰기만 합니다. 김 시인이 강조하던 우주 사회적 공심을 어디서 교육할지 답답합니다.

이제 이야기를 마치고자 합니다. 김지하 선생은 시인입니다. 시인은 언어로 세상을 모시는 세속 속 탈속인입니다. 아무런 제도권 직업도 없이 시인으로 사시며 불의와 투쟁하셨고 온갖 것을 도와주며 예술 나눔을 하시고 모임을 만들어 공부 같이 하고 책을 많이 쓰시고 세상 비평도 했습니다. 지역의 문우들과 생명사상을 같이 공부를 하며 술도 많이 마셨습니다. 김 시인은 이원론 사상인 유물론과 자본주의가 세상천지를 다 덮을 적에 이원론 사상을 정면으로 비판하면서 일원론의 생명사상을 내놓았습니다. 굿과 동학의 재해석으로, 민중의 자치와 생활협동운동에서 배우며, 유기농 농사를 짓는 농민의 마음으로 돌아가서, 동학의 물아동포 사상을 찾았습니다. 생명은 큰 우주에서 쪼가리로 나온 아주 작은 우주들임을 알고 물방울 하나에도 마음이 있으니 대화를 하고, 우주적 광대 심오한 공공성으로 인간, 사회, 자연의 세 차원을 관통하는 통일적이고 신령할 정도로 탁월한, 깊고 폭넓은 과학이 나타나야 한다고 역설하였습니다.

김 시인은 체제 외적 생활인이어서 체제적 사고와 행동에 매이지 않았습니다. 제도권 학자도 종교인도 공무원도 아니기에 역설적이게도 근대주의자본주의에 길들어 있지 않았고 체제에 물들지 않은 야생적인 동아시아의 원형문화를 직시했습니다. 학예일치형 사상으로 놓치지 않고 아시아의 토착적 사상을 포착해 왔습니다. 어느 상보다 제3세계 노벨상 로터스상을 받고 기뻐하셨습니다. 분화발전만이 능사인 줄 아는 서구문예에 가무악시서화가 붙은 살림문화를 좋아했습니다. 민중굿의 영성이 신화 의례로부터 전해 왔음을 이해하셨고, 민중의 참 축제를 좋아했고, 예술의 어머니가 신화 의례임을 아셨고, 생명의 신령한 힘을 과학적으로 아신 신화학자이셨습니다. 시로 위기를 감지했고 시적 은유로 미래를 예언하셨습니다. 은유, 말로 다 할 수 없는 진리를 신화소로 들어내고 가셨습니다. 이 신화소들을 풀 인문학이 아직 부족한 한국적 근대주의 학문 풍토가 답답합니다. 그가 남긴 신화소—흰그늘, 모심, 애린, 마당, 율려, 유라시아빛…. 김 시인은 유한한 목숨줄로 할 만큼 하고 가셨고 남은 분들이 '남녘땅 뱃노래'를 이어서 부를 차례입니다. 백낙청 선생 말씀처럼 "지금은 근대주의를 감당하면서 극복할 때"입니다. 백 선생은 감당하기에 더 애를 쓰셨다면 김지하 선생은 극복하기에 더 주력하셨습니다. 시대보다 더 빨리 더 능동적으로 대안을 준비하였습니다.

치악산 지리산 숲그늘처럼 밝으며 깊고, 남녘 바다처럼 깊고 어두우면서도 맑고 싱그러운 힘! 그것이 김 시인이 평생 꿈꾸던 강 건너 빛 '흰그늘'의 '애린' 아닐까요. 위대한 예술가는 자기 나름의 신화를 창조하고 가는 법입니다. 애린으로 부활을 꿈꾸었던 시인, 떠나는 시인에게 산 시인의 입으로 마무리합니다.

그 별은 아무에게나 보이는 것은 아니나, 자기를 들여다볼 줄
아는 사람의 눈에나 그 모습을 드러낸다 정희성 시 '희망'에서

지하형님의 추억,
그리고 작별

이동순
시인

담시 「오적」이 준 충격

1970년 가을 어느 날, 마침 정주동 교수의 '홍길동전' 수업을 마치는데 진보적 서클 현대사상연구회의 멤버인 동기 K가 상기된 얼굴로 무언가를 돌렸다. 그것은 프린트 등사본으로 된 김지하 시인의 담시 「오적五賊」이었다. 구멍이 숭숭 뚫린 거친 갱지에 인쇄된 작품의 어법은 당차고 소름이 돋았다.

시를 쓰되 좀스럽게 쓰지 말고 똑 이렇게 쓰랏다.
내 어쩌다 붓끝이 험한 죄로 칠전에 끌려가
볼기를 맞은지도 하도 오래라 삭신이 근질근질
방정맞은 조동아리 손목댕이 오물오물 수물수물
뭐든 자꾸 쓰고 싶어 견딜 수가 없으니, 에라 모르겠다
볼기가 확확 불이 나게 맞을 때는 맞더라도
내 별별 이상한 도둑 이야길 하나 쓰것다.

- 담시 「오적」의 서두

1970년 『사상계』지에 발표된, 세상과 통치자를 깜짝 놀라게 한 작품 「오적」. 시인이 '오적五賊'이라고 못 박은 것은 재벌, 국회의원, 고급공무원, 장성, 장차관들이다. 말하자면 식민지와 분단을 거쳐 독재시대로 접어든 시기, 모든 이익을 독점하고 비리에 젖은 특권층이다.

나는 강의실에서 이 작품을 읽고 엄청난 충격을 받았다. 김춘수류의 순수시, 박목월 등 청록파, 미당류의 생명파, 기껏해야 소월·만해의 시작품에만 익숙한데, 이처럼 폭탄과도 같은 파괴력을 지닌 격정적 시가 가능한 것일까? 충격도 충격이지만 내부의 그 무엇인가가 와르르 무너지는 붕괴와 해체, 갈등을 경험했다. 그리고 그것은 매우 자연스럽고 소중한 체험이었다.

사실 우리가 분단 이후 배워온 문학사란 것이 대개 왜곡 변조되고 일부의 특성만 강조된 기형적인 것이 아니었던가? 김춘수 시인이 주장하는 순수문학론의 위선과 허구도 깨닫게 되었다.

그분은 문학에 정치적 관념이 끼어드는 걸 극도로 싫어하고 비판했다. 따라서 가장 혐오하는 단어는 민족·민중·사회·평등·혁명·현실 등 이런 낱말들이었다. 자신이 일본 유학 시절, 불온서적 소지혐의로 도쿄 세다가야 헌병대 감옥에 갇혔을 때 너무도 배가 고파

미칠 지경이었는데, 같은 감방의 유명한 사회주의자 교수는 사식으로 들여 온 빵을 혼자 돌아앉아 맛있게 먹었다. "남들이 달라고 할까봐 등을 돌린 그를 보며 사회주의·공산주의가 모두 거짓이고 위선임을 깨달았다"는 말을 자주 했다. 민족문학·민중문학을 비판할 때마다 그 비유를 평생 단골로 거론하곤 했다.

하지만, 때는 바야흐로 4월혁명 이후 촉발된 민중적 자각이 신동엽·신동문·박봉우·신경림을 거쳐 마침내 김지하에 다다른 것이다.

장시 「오적」의 파괴력은 놀랍고 대단했다. 낡은 고정관념을 일시에 허물어 버리고, 문학의 현실주의·역사주의를 심어주었다. 집에 돌아와 읽고 또 읽었다. 내부의 무엇인가가 크게 요동치며 꿈틀거렸다. '세상은 이렇게 변화의 흐름을 타고 있다. 내 문학의 방향과 가치관도 바뀌어야만 한다. 모든 낡은 것과는 과감히 작별하자.' 이런 상념이 강렬히 끓어올랐다. 그리하여 김지하란 청년시인의 위상은 한 시대의 물줄기를 선도하고 바꾼 영웅적 문학인이 되었다.

그는 '오적 필화사건'으로 투옥되어 오랜 감방생활을 했다. 그가 옥중에 있을 때 전국 여러 곳에서 '김지하 문학의 밤'이 열렸다. 주로 가톨릭 천주교회에서 열렸다. 행사장 주변엔 사복형사들이 쫙 깔렸다. 그들은 실내에도 들어와 흘끔거리며 사찰했다. 영등포성당, 동대문성당 행사가 뜨거웠다.

그 가운데 몇 집회를 참석하여 놀랍고도 격정적인 분위기를 직접 경험했다. 어떤 참석자는 펑펑 흐느껴 울었다. 그의 존재는 하나의 신화였다. 그는 당시 청년들의 별이었고 우상이었다.

적어도 70년대의 김지하는 그러하였다.

지하 형님과의 가요대전歌謠大戰

1985년 무렵이었다. 시인 김지하는 유신시대 긴급조치 4호 민청학련 사건으로 투옥생활을 하다가, 박정희 시해 이후 해제조치로 풀려나 전국을 떠돌며 낭인생활을 했다. 그 숱한 유린과 상처, 피멍으로 얼룩진 심신을 무엇으로 달랠 수 있었으리. 마시느니 술이요, 부르느니 노래였다. 서울 종로의 탑골 주점은 그의 단골 아지트로서 낮과 밤의 구별이 따로 없었다. 시인의 주변을 거두고 시종하는 후배들은 이런 술상무를 하느라 고초가 많았으리라. 한 맺힌 노래를 쏟아놓으면 '장강'과 '폭포'가 바로 그것을 일러 하는 말이었으리. 한번 부른 노래를 반복해서 부르면 아무리 잘 부르는 노래도 신선함이 없고 취객의 넋두리로 지겹게 들리기도 했을 것이니, 어느 날 후배 하나가 기어이 김지하 시인의 속을 뒤집어 놓았다.

"형도 잘 부르지만 저어기 충청도 어드메에 형보다 더 옛노래를 잘 부르는 후배가 있답니다."

김지하 시인은 갑자기 자세를 고치고 발끈 정색하며,

"나보다 잘 부르는 놈이 있다고? 즉시 그놈을 꺾으러 내려가자."

1985년 청주에서의 가요대전의 발단은 이런 경과를 거쳐서 비롯된 것이었다.

종강을 앞두고 기분이 느슨하던 어느 날, 철학과 윤구병 교수가 찾아와 서울의 유명한 선배 한 분이 노래시합 차 청주로 내려온다는 전갈을 했다. 시합도 일방적, 날짜도 일방적, 모든 것이 일사천리로 진행되었다. 장소는 불문과의 전채린 교수네 아파트 거실. 약속된 날 청주로 내려온 분은 다름 아닌 김지하 시인이었다. 작가 김성동을 비롯한 좌우시종을 여럿 거느렸다. 전채린 교수는 수필가 전혜린의 아우로, 작고한 영화감독 하길종의 부인이며 배우 하명중의 형수이다.

무심천변 국밥집에서 이른 저녁을 먹고 밤샘 시합 때 먹을 소주·과자 등속을 잔뜩 안은 채 시합장으로 당도하여 좌정하였다. 선수 둘은 길게 서로 마주 앉고 좌우 배심원 넷이 양쪽에 앉았으니 제법 시합장의 긴장이 없는 것도 아니었다. 배심원은 집 주인 전채린 교수, 작가 김성동, 철학자 윤구병, 그리고 또 누구…. 하지만 명색이 시합이니 규정이 없을 수 없어서 머리를 짜내어 마련한 규정은 실로 엄격하기 짝이 없는 규칙이었다.

① 모든 노래는 2절까지 불러야 기본이다.

② 3절 가사까지 완창하면 플러스 1점

③ 만약 가사를 잊어서 1절만 부른다면 감점 1점

④ 이미 부른 노래를 다시 부르면 실격

⑤ 동요, 가곡, 팝송, 찬송가류는 절대 불인정

⑥ 상대방의 가창 후 3분 이내에 즉시 이어받을 것.

몹시 엄격한 룰이 아닐 수 없었다.

명색이 말 그대로 시합인지라, 여러 날 전부터 나는 형언할 수 없는 긴장이 몰려왔다. 복통·헛기침·숨 가쁨·빈뇨·허리 결림·눈 깜빡임 따위가 한꺼번에 발생하여 견디기가 어려웠다. 나로서도 어떤 대비가 없을 수 없어서 시합 전날 밤 명함 크기의 백지 앞뒷면에 내가 알고 있는 노래의 제목을 줄여서 적었다.

이를테면 〈비 나리는 고모령〉이라면 '고모령' 세 글자만 메모하였다. 〈홍도야 우지 마라〉는 당연히 '홍도'였다. 잘 아는 노래라도 시합의 긴장 속에서 머릿속이 하얗게 되어 제목과 가사의 실마리를 잊어버리기가 십상이었던 것이다.

이 방법은 그날 시합 중 크게 도움이 되었다. 초저녁 8시경부터 시작한 노래시합이 이튿날 새벽 5시 반까지 무려 10시간 동안 그야말로 장엄하게 펼쳐진 것이다. 한 곡 끝나면 바로 이어받아 또 한 곡, 아마도 추정컨대 2백곡은 충분히 불렀을 것이다.

이렇게 오랜 시간 줄기차게 이어가니 중간에 멀쩡히 알던 노래가 첫 대목조차 생각이 나지 않을 때가 있었다. 나는 슬그머니 일어나 화장실로 들어가 메모를 슬쩍 꺼내보며 다음 부를 곡을 찾았던 것이다. 처음엔 장난기를 머금고 시작한 시합이 자정을 지나고 새벽 두세 시가 넘었을 때 방안에는 승부를 가리는 두 선수의 팽팽한 초긴장으로 가득하였다. 그런데 나는 시합에 이기겠구나 하는 자신감을 그 시각에 이미 감지하고 있었다. 김 시인의 가창은 온몸을 쥐어짜듯 팔과 머리를 휘저으며 무리한 큰 동작이고 땀도 줄줄 이마에서 흘러내리는 것이 보이는데, 나는 앉음새 하나 고치지 않고 낭창하게 소리의 결도 시종일관 잔잔하고 차분히 펼쳐가니, 김 시인은 이런 내 모습에 한순간 피로의 기색을 보였다.

그래도 기어이 새벽 동창이 훤히 밝아올 때까지 잔인한 시합은 계속되었는데, 5시 반이 가까울 무렵 김지하 시인이 뒤로 쌓아 놓은 이불에 등을 기대고 뒤로 벌러덩 쓰러지면서 "에잇, 누가 이 따위 시합을 하자고 했나~~ 징그럽다 징그러워~~."

옛 가요 청주대전은 이렇게 장엄한 막을 내린 것이었다.

그날 이후 나는 김지하 시인과 형언할 수 없는 정이 듬뿍 들었다. 김 시인이 원주기독병원 정신과에 입원했다는 아픈 소식을 듣고 간까지 상했다는 말에 마음이 짠하고 애달파져서 특효약 간세척제 당두중을 보내드리기까지 했었다.

그리곤 세월이 강물처럼 흘러 우리는 서로를 오래 잊고 살았다. 우연히 인터넷을 검색하던 중 그가 연재했다는 회고록 「나의 회상, 모로 누운 돌부처」를 읽게 되었는데, 거기서 뜻밖에도 1980년대 중반 청주 노래시합 이야기를 발견하게 되었다.

"나는 얼마 전 조용필 아우와의 노래시합을 끝내고 충북 청주까지 내려가 충북대학의 시인 이동순 아우와 밤을 꼬박 새우며 노래시합을 벌인 결과 내 스스로 항복을 선언했으니, 이동순 시인이 뽕짝의 2, 3절까지 깨알 같은 글씨로 메모하여 그것을 들고 설치는 통에 그의 승부심에 항복해 버린 것이다."

사실 그날 이후로 김 시인은 노래시합에 대한 그 어떤 코멘트도 하지 않았다. 시인 이재무가 인터뷰한 글 하나가 유일한데, 가요대전 패배에 관한 소감을 묻자 "그는 노래를 밥 먹듯이 하는 사람이라 당할 도리가 없었지."라고 웃어넘긴 것이 다였다.

가요대전이 있은 후 얼마 지난 어느 날, 윤구병 교수가 내 연구실로 찾아와 무언가 전할 게 있다고 했다. 누런 봉투 안에서 꺼낸 것은 지하 시인이 특별히 그러서 화제까지 쓴 아담한 난초한 폭이었다. 화제의 글귀는 '암중불견암전물庵中不見庵前物', 즉 "암자 속에만 들어앉아 있으면 암자 밖의 현실을 전혀 모른다"는 경구였다.

나는 몇 번이고 그 화제를 곱씹어 음미해 보며 그걸 보낸 뜻을 헤아렸다. 내가 그간 암자 속에만 갇혀 지낸 고립적·폐쇄적 삶에 대한 반성의 촉구이기도 했다. 낙관은 따로 없고 오른쪽 무인拇印을 그대로 빨갛게 찍은 생생한 작품이었는데, 나중에 원주의 무위당 장일순 선생의 난초를 보니 지하의 난초는 영락없는 무위당 필법의 전승이었다.

독서회 '명이明夷'의 추억

1987년 가을이던가. '명이明夷'란 이름의 독서회가 발족했다. 멤버는 최원식·송기원·김성동·이시영 그리고 청주의 나, 이렇게 다섯이다. 그 인물의 선정과 독서회 명칭까지 정성껏 지어준 이는 김지하 시인이다. 유신시대 민청학련 사건으로 차디찬 감방에서 가혹한 옥중생활을 보내던 그는 독재자 박정희가 시해된 후에야 감옥에서 나왔다. 그 기간 동안 전국 도처에서 '김지하 문학의 밤'이 열렸고 국제 엠네스티에선 석방을 줄곧 강력히 요구했다. 하지만 당시 박정희 군사정권은 투옥된 시인을 더욱 억압하고 옥죄어들며 가파른 죄수생활을 연장시켜 갔다. 그 고난의 세월이 무려 7년이나 되었다.

출옥한 김지하 시인은 원주에 머물며 지학순 주교와 자주 만나고 격려를 받았다. 무위당 장일순 선생으로부터 난초 필법을 수련하면서 해방의 자유를 누렸다. 가끔 바람처럼 서울 나들이도 하며 문단 후배들과도 즐겁게 술자리에서 어울렸다. 그런 어느 날 김지하 시인이 문단의 쓸만한 후배 다섯을 가려 뽑고 민족문학 발전을 위한 재목이 되기를 갈망했으니 위의 다섯 명단이 그 주인공들이다.

'명이明夷'란 이름은 주역에 등장하는 36번째 괘로 해가 뜨기 직전의 시간, 즉 캄캄한 어둠 속에 숨어 있는 밝음을 뜻한다. '지화명이地火明夷'에서 유래된 말이다.

첫 번째 모꼬지를 인천 율목동 최원식의 댁에서 했다. 텍스트는 슈퇴릭히H. J. Stoerig의 『세계철학사Weltgeschichte der Philosophie』였는데, 임석진 번역으로 분도출판에서 나온 그 책의 전반부를 미리 읽어서 메모해 갔다. 토론은 진지했고, "세계 철학의 변화와 흐름이 한국의 현실에서 어떻게 해석이 되는가? 우리 시대가 당면한 해법은 무엇인가?" 주로 이런 점에서 접근했다. 최원식은 고전에 대한 지식이 풍부했고 구체적 전거와 자료 제시, 인물에 대한 순간적 평가가 과연 놀랍고 기민하고 정교하였다. 모두들 탄복하며 비평가의 해석에 동의하였다.

이 토론 시간보다 훨씬 길고 즐거운 것이 뒤풀이 주흥시간이었다. 최원식 댁에서는 생선회와 박대 찜이 나왔다. 부인의 솜씨가 예사롭지 않았다. 솜씨란 말의 유래는 '손+씨'에서 온 것이라 그 댁 부인의 손을 자꾸 보게 된다. 인천, 서해안에서만 잡히는 수산물 요리가 상 위에 그득하게 올랐다. 모두들 대취하고 주흥이 도도해져서 노래를 부르고 마침내 수지무지 족지도지. 이런 흥취의 동작들도 겸했다.

다음날 새벽, 송기원이 먼저 일어나 잠에 취한 모두를 흔들어 깨웠다. 하던 버릇으로 함께 목욕을 가자는 뜻이었지만, 고양이처럼 물을 싫어하는 이가 있었으니 그는 다름 아닌 김성동이었다. 다들 가까운 대중목욕탕을 찾아서 입장하는데 그는 굳이 사양하며 나올 때까지 기다린다고 했다. 하지만 웬걸, 목욕탕에서 말끔한 얼굴로 나오니 소설가의 존재는 표연히 사라지고 없다.

전화를 걸어도 연결되지 않는다. 첫 번째 모임은 그렇게 끝났다.

지하 시인이 명이明夷라는 상징적 함축을 가진 모임에 문단 후배 다섯을 고르면서 이동순을 포함시켜준 이유가 무엇이었을까 생각해 본다. 아마도 지하 시인은 청주 가요대전에서 새벽 동이 틀 때까지 자세 하나도 흐트리지 않은 채 목과 어깨에 힘 하나 안 넣으며 호리낭창하게 무수한 옛노래들을 불러젖힌 새까만 문단 후배가 꽤나 맹랑했던가^{또는 흐뭇했던가} 보았다.

김지하 시인의 친필 편지

김지하 시인이 소천했다는 소식을 듣고 난 얼마 전, 옛 편지들을 모아놓은 파일북을 꺼내어 보다가 지하 시인의 육필 편지를 발견했다. 그 편지에 대한 소회가 새삼스럽게 떠오른다.

청주 노래시합을 다녀간 지 서너 달 뒤일 것이다. 지하 시인에 대한 소식이 들리는데, 알콜 의존증이 심해지고 정신분열도 찾아와 원주기독병원에 입원 중이며 간까지 급격히 나빠져 위험하다고 했다. 그 소식을 듣고 서둘러 긴급히 보내드린 건 내가 특효를 보았던 당두중이다. 나도 간이 안 좋아서 약을 써봤던 것인데, 그 약을 받고 감사의 뜻을 전하는 편지였다. 약 일곱 장 분량의 장강대하로 쓴 편지로 거기엔 기상천외한 내용이 들어 있었다.

"나는 이제 곧 죽음을 맞이하는데 내 무덤은 한반도 중허리에 쓰고자 한다. 그 장소가 아마도 청주 부근이 될 것이다. 청원군 어디 메쯤 무덤을 쓰면 내 무덤에 자네가 자주 와서 주변을 보살피고 내 이름이라도 종종 불러다오."

이게 편지의 대강이다. 말하자면 당신 무덤의 능참봉, 묘지기가 되어주기를 간곡히 바라는 서찰이었다. 당신은 그 편지를 써서 보내놓고도 그에 대한 기억이 전혀 없으리라. 무언가 정신이 혼미한 상태에서 일필휘지로 갈겨 쓴 격정의 편지였는데, 왜 그런 서한을 나에게 써 보내었는지 전혀 짐작할 수가 없었다. 노래시합으로 야릇한 정이 들기도 했고 또 내가 보낸 선물에 대한 화답의 표시였겠지만, 그 내용이 너무도 벅차서 나는 한번 읽고 무슨 비밀경전처럼 곧장 깊이 감춰두었던 것이다.

그로부터 다시 긴 세월이 강물처럼 흘러 옛 편지를 꺼내보는 느낌이 각별하다. 살다보면 이런 불가해한 기록물도 갖게 되는가 보다.

김지하 시인의 친필 편지는 그리 흔하지 않다.

그런데 나는 이것을 갖고 있다. 1986년 여름날 새벽, 정신과 병동에서 써 보냈다. 그가 정신적으로 매우 허약하던 시절의 글이라 이걸 공개하는 일에 많이 주저했다. 그로부터 세월이 많이 흐르고 고통을 겪다가 세상을 아주 떠나셨다.

이제는 공개해도 된다는 판단에서 오늘 이 편지를 내놓는다.

東洵에게

지금 강원도 원주, 새벽 4시 정각, 병원 스테이션에서다.

이제부터 네게 띄우기 시작할 긴 편지의 시작치고는 꽤나 어울린다. 간 때문에 입원했다더니 치료는 됐는지? 나 역시 간 때문이고 술 때문이고 미친 못남 때문이다. 난 본디 편지쓰기를 싫어했는데, 간절히 편지 쓰고 싶은 마음이 가득해 이렇게 쓰기 시작한다. 편한 마음으로 읽어 주기 바란다.

내가 만약 밖에 있다면 〈김지하 장례식〉부터 치루고 싶다. 〈김지하〉라는 이름에서부터 벗어나고 싶어서다. 내겐 봄이 시작되는 건가? 허물을 벗게? 나뭇가지를 물어다 제단을 쌓고 그 위에 누워 제 자신을 불 지르고 잿더미 속에서 부활하는 사막의

김지하 친필 편지

불사조가 되려는 것인가? 여하튼 〈김지하〉라는 이름을 불 질러 버리고 싶다.

그래서 본디 어버이가 지어주신 내 이름, 〈김영일〉로 되돌아 가고 싶은 것이다. 혼자 해도 좋으나 네가 곁에 있어도 좋겠다. 몇 명 더 있어도 좋고 싸구려 잡지 카메라가 있어도 좋고….

새로 태어난 〈김영일〉이 새로 살고 싶은 땅은 청주 어디쯤이다. 한 달 전 문득 술 취해 청주에 갔다가 원주 친구들에게 붙들려 돌아왔다. 나는 영영 청주에 못 가는 것일까? 東洵이를 만날 수는 없는 것, 〈영일〉에로 되돌아 갈 수는 없다는 건가? 가고 싶다. 하루에도 몇백 번씩 가고 싶다. 그러나 나의 땅은 아닐 터. 나는 죽도록 떠돌 것이다. 나는 이미 지옥에 가도록 결정 지워진 사람. 무간지옥이 약속된 슬픈 여생. 만약 앞으로도 글을 발표한다면 〈영일〉로 할 것이다.

장례식이 필요하겠다.

東洵.

애린은 바로, 죽어 다시 태어나는 애린은 바로 나였다. 나는 땅 끝까지 밀려가 파도처럼 사라졌다. 여기 지금 네게 편지 쓰고 있는 건 〈영일〉이다. 떠돌이 〈영일〉로 나는 다시 떠난다. 모든 것 다 버리고 무간지옥에 이를 때까지 울며 떠돌 것이다. 삶의 뜻을 물으며. 그 첫 목적지가 淸州인 것이 아무래도 이상하다. 우선 비밀로 해다오. 그곳에 사글세방을 얻어 명상과 시작詩作과 그림을. 떠나야 할 때가 오면 떠난다. 지금 제일 먼저 시작된 곳은 병원이다. 원주가 아니라 병원이다. 모두 낯설다. 슬픈 하루하루 외로운 시간 시간이다. 시를 못 써도 좋다. 그러나 스스로 죽을 수는 없는 건 아이들에 대한, 부모님에 대한 책임이다. 죽지는 않겠다. 데려갈 때까지. 아아, 내가 지금 네 곁에 있다면 수많은 황금강물의 모래와 숱한 푸른 비단실의 시들을 구술할 텐데….

언젠가는 퇴원할 것이고 언젠가는 가겠다. 그러나 그때 가는 건 〈김영일〉이다. 손이 또 떨린다. 지금이 4시 반, 다섯 시까지만 쓰겠다. 네가 나를 끌어당기고 있는 것 같다. 내 주위에 틀림없이 '활동하는 빈 눈'이 있어 나를 그 무無속으로 끌어당기는 것 같다. 나는 반드시 갈 것이다. 나를 끌어당기는 내 속의 활동적인 무無, 그 신명에게로 내가. 다시 말한다. 〈김지하〉는 죽었다. 이제부터 나를 〈김영일〉이라 불러다오. 언제일지 모르지만 장례식은 청주에서 하자. 조사弔辭는 네가 써다오. 또 새벽에 쓰마. 허나 놀라지 마라. 예상되었던 것이니까. 안녕.

1986년 7월 5일 새벽 4시 35분

영일

김지하 시인은 한 시대의 희생양이었다. 민주화시대의 상징적 인물로 줄곧 추앙되고, 활화산 같은 그의 시는 꾸준히 사랑과 존경을 받았다.

시인에 대한 독자들의 극진함은 평상을 넘어 거의 독보적·신화적 영역으로 인식되었다. 엄혹하던 시대도 지나고혹은 끝나지 않고 옥중의 시인도 풀려났다.

이후로 세상은 급격히 변화했고혹은 변하지 않았고 '김지하'란 이름은 점차 잊혀져 갔다.

청년들은 그가 누구인지 몰랐다.

더불어 시인 자신은 과거 자신이 짊어졌던 '김지하'란 막강한 이름이 몹시 불편하고 힘들었다. 너무 무겁고 커다란 모자를 쓴 것 같았다.

시인은 자신이 설정한 이름, '김지하'를 벗어던지고 싶었다. 과거 시간의 구속과 제약으로부터 떠나고 싶었다. 하지만 이미 고정된 필명과 인식, 그 이름이 요구하는 가혹한 관점의 중량으로부터 결코 벗어날 수 없었다. 음주, 일탈된 행동으로 숨어도 보았지만, 건강만 상했을 뿐 하등의 도움이 되지 않았다. 반복되는 극악한 환경 속에서 자학과 파괴의 표현 충동이 항시 들끓었다. 어딜 가나 '김지하'란 이름에 대한 요구와 기준은 굳게 설정되어 있었고, 만약 그걸 충족하지 못하면 호된 비판이 뒤따랐다. 시인은 그러한 불편과 부담으로부터 떠나고 싶었다. 뜬금없는 탈각충동과 힌두교식 화장을 떠올린 것도 그 때문이다.

이런 관점에서 '김영일'이라는 본명은 때 묻지 않은 본향이며 순결한 세계였다. 시인은 그 본향으로 복귀하고 싶었다. 하지만 그게 생각처럼 쉬운 것은 아니었다. 오랜 관습 속에 살아왔던지라 누군가가 지켜보아야 했다. 이를 확인해줄 누군가가 필요했지만 주변엔 아무도 보증인으로 나설 사람이 없었다. '카메라'와 '싸구려 잡지'란 통속적 도구를 돌연히 떠올린 것도 그 때문이다. 돌연히 내 이름이 등장하게 된 것도 그런 맥락의 연장이다. 낡고 때 묻은 이름 '김지하'를 영결해야 했다. 그 이름을 영구 폐기할 장소로 선정된 곳은 청주, 한 반도의 가장 중허리 지점. 그곳에 내가 살고 있었기 때문이다.

'무간지옥이 약속된 슬픈 여생'!

이 짧은 구절에 그의 총체적 심경이 서려 있다.

나보다 이웃을 더 사랑한다는 '애린愛隣'!

당시 그는 이 단어의 관념성이 주는 심리적 강박에 줄곧 빠져 있었다. 그런 제목의 시집을 발간하기도 했다. 끊임없이 '애린'을 방향의 중심으로 규정하고 복귀와 회복을 갈망한다. 그 덧없고 실속 없는 지향과 충동 속에서 현재라는 시간성은 오로지 고통과 속박의 시간이다. 병실의 시간이며 불구의 환경일 뿐이다.

그런 열악한 터전 속에서도 시인은 자신을 끌어 당기는 내면의 어떤 움직임을 감지한다. 그것을 자신은 '신명'이라고 명명한다. 이러한 연결 과정에서 문득 떠올린 청주 장례식은 다만 충동적으로 설정한 가공의 의례일 뿐이다. 끊임없는 시련과 자해적 갈등에서 벗어나기 위해 시인은 원주기독병원 정신과 병동으로 들어갔다.

이 편지는 바로 그 무렵에 쓴 것이다. 심한 고통과 자괴自愧가 눈물자국처럼 보인다. 김지하라는 한 시인의 불행이자 시대의 불행이었다.

지하 형님을 떠나보내며 - 조사弔辭

느닷없이 형님의 별세 소식을 접하고 아우의 가슴속에는 만감이
교차합니다. 그래서 예전 1986년 7월 5일 새벽, 저에게 직접 써 보
내신 편지를 꺼내봅니다. 형님께서는 '지하'란 이름의 무게를 대단
히 힘들고 불편하게 생각하신 듯합니다. 그 이름으로 썼던 여러 시
작품들, 그 이름 때문에 겪었던 온갖 고초와 박해의 시간들, 그것으
로부터 훨훨 벗어나 홀가분한 자유의 시간을 갈망하셨습니다. 한
인간에게 짐 지어진 이름의 굴레는 너무도 거추장스럽고 무거웠습
니다. '김지하'라는 이름에게 요구하는 대중들의 강박은 몹시도 거
북하고 불편했지요. 그래서 본명 '김영일'로 돌아가고 싶었던 것이
지요.

하지만 그토록 갈망하던 소원을 생시에는 이루지 못하고 사시다
가 별세 후 드디어 본명 '김영일'을 회복하셨네요. 빈소의 영정사진
밑 '김영일'이란 이름이 오늘 따라 한층 빛나는 광채로 느껴집니다.
형님께서는 당신의 장례식을 제가 살고 있던 충북 청주에서 하고
싶어 하셨고 그 장례식의 조사를 저에게 쓰라고 그토록 이르셨건만

그 뜻을 이루지 못하셨네요.

드디어 '김지하'라는 허명에서 벗어나 본명 '김영일'로 돌아간 형님!

사진 앞에 서서 눈을 감고 명복을 빕니다.

1985년 그 뜨겁던 여름, 청주의 전채린 교수 댁 거실에서 윤구병·김성동 둘을 심판으로 앉혀놓고 형님과 둘이 마주 앉아 꼬박 밤을 새며 무려 10시간 동안 노래시합을 펼치던 그날 밤의 뜨겁던 분위기가 주마등처럼 떠오릅니다.

언젠가는 김지하문학관이 건립되어야 할 형님의 고향 목포 유달산鐵達山자락 유달동에서 잠을 깨어 이 아침 저는 슬픈 조사를 써서 형님께 바칩니다.

형님! 이 남루한 지구의 삶을 견디느라 노고 많으셨습니다.

평안히 떠나가소서….

● 생명운동편 ─────────────────────────

제3부

울려학회 멤버인 김영동, 채희완, 김지하, 임진택, 이광모, 임옥상
(뒷줄 왼쪽부터 시계 방향, 1999.02.20, 사진: 경향신문 제공)

"

김지하가 세상을 떠나자 대다수의 언론들이 그를 '저항시인'으로 부각했고, 작품 중에서는 정치풍자 담시譚詩 오적五賊과, 민주화를 염원한 서정시의 걸작 '타는 목마름으로'를 대표작으로 꼽았다. 그 시들이 김 시인의 대표작이라는 데는 이의가 있을 수 없다.

하지만 김지하를 저항시인으로만 칭하는 것은 그의 세수歲數 여든 가운데 전반부 반절에만 해당되는 내용이다. 감옥에서 나온 1980년 이후, 김지하는 시인과 더불어 사상가로, 생명운동가로 거듭났다. 그것도 아주 탁월한, 기실 전무후무한 사상가로.

"

위악자僞惡者 김지하를 위한 변명辨明

- 생명사상의 선구자 김지하를 추도하며

임 진 택

마당극 연출가, 창작판소리 명창

2022년 5월 8일 김지하 시인이 돌아가셨다. 그리고 49일이 되는 6월 25일, 가까운 지인들이 서울 천도교대교당에서 김지하 시인을 추모하는 문화제를 만들어 고인의 혼백을 저세상으로 보내드리는 마지막 재齋를 마련하였다.

한국현대사에서 김지하만큼 극과 극의 평가를 받은 사람은 거의 없다. 1970년대 김지하는 빼어난 서정시인이자 파격적인 풍자시인으로, 반독재투쟁의 선봉에 서있던 상징적인 인물이었다. 그러나 1990년대 이후 그는 배신자 혹은 변절자라는 낙인이 찍힌 대표적 인물로 오인되었다. 김지하처럼 영광과 오욕을 동시에 받은 인물은 찾아보기 힘들다.

김지하 시인이 세상을 떠난 마당에, 이제 그동안 말할 수 없었던 불편한 진실을 털어놓아야 할 것 같다. 그것도 파격적으로….

김지하 시인은 위악자僞惡者였다. 위악자는 내가 만들어낸 신조어新造語이다. 위선자僞善者의 반대말이다. 위선자가 비난 받는 것은 당연하지만, 위악자가 비난받는 것은 재고되어야 한다고 생각한다.

김지하가 왜 위악자인지, 왜 더 이상 비난 받아서는 안 되는지, 변명 辨明해보고자 한다. 변명이라는 단어를 구차한 통속적 개념으로 생각지 말아주시기 바란다. 그 유명한 '소크라테스의 변명'이 있지 않은가? 변명을 '철학적 사유'로 받아들여주시기 바란다.

1974년 4월 3일 긴급조치 4호 '민청학련' 사건이 터지고, 유신독재 정권은 이 사건에 터무니없는 용공조작을 시도했다. 김지하는 사건에 자신이 연루되자 직감적으로 중대한 결단을 내린다. 그것은 자신이 빠져나가려고 하면 할수록 상황은 더욱 악화될 것이며, 무엇보다 남은 학생들이 위험하다는 생각이었다.

그는 이 사건에 자신은 물론 지학순 주교, 박형규 목사, 심지어는 윤보선 전 대통령까지 끌어들인다. 도저히 빨갱이일 수 없는 저명인사들이 등장함으로써 공안당국의 용공조작은 민망 무색한 꼴이 된다. 그리하여 독재정권은 다음해 2월 민청학련 사건 구속자들 대부분을 가석방한다. 김지하의 '목숨을 건' 위악적偽惡的 지략이 일단 성공한 것이다.

사형선고를 받고 죽음의 문턱까지 갔다가 풀려난 사람이라면 당연히 자중하고 근신했을 법한데, 김지하는 그렇지 않았다. 장모인 소설가 박경리 선생의 정릉 집에 머물고 있던 김지하는 거기 찾아온 〈동아일보〉 이부영 기자의 요청으로 옥중수기를 써 내놓은바, 3

김지하 추모문화제에서 공연 중인 김영동(사진 왼쪽)과 임진택
(2022.6.25 천도교중앙대교당, 사진 장성하)

회에 걸쳐 연재된 「고행 - 1974」의 핵심 내용은 "인혁당 사건은 조작
이며, 인혁당의 실체는 없다"는 것이었다.

유신 독재자는 노발대발했다. 민청학련을 용공으로 만들기 위해
인혁당 사건을 갖다 붙여 놓은 것인데, 인혁당이 조작이면 민청학
련도 당연히 조작 아닌가? 하여 유신 독재자는 유언비어?의 발설자
김지하를 다시 감옥에 가두었다. 오호, 그로 인해 김지하의 6년 독
방 수형생활이 다시 시작된 것이다.

사형선고까지 받고 형집행 정지로 풀려난 사람이면 당연히 '착하

게' 살아야 함에도 김지하는 '착하게' 살지 않았다. 지배자의 입장에서 볼 때 김지하는 '악한 사람'이었다. 김지하는 선한 사람이면서 악한 역할을 자처한 위악자僞惡者였다. '목숨을 건' 위악자였다.

김지하가 민주 진보진영의 사람들로부터 많은 비판 혹은 비난을 받게 된 계기가 두 번 있었다. 하나가 1991년에 벌어진 소위 '죽음의 굿판' 필화사건이다. 당시 과도한 공안 탄압과 경찰 진압으로 시위 대학생이 맞아죽거나 자결을 택하던 상황에서 김지하가 "죽음의 굿판" 운운 하고 나섬으로써 민주화운동이 타격을 입게 된 사건이다. 하지만 거기에는 중대한 오해가 개재되어 있다.

먼저 그 칼럼이 실린 〈조선일보〉 지면을 제대로 한번 살펴보라. 그 칼럼의 원 제목은 분명히 "젊은 벗들, 역사에서 무엇을 배우는가?"이다. "죽음의 굿판 걷어치워라"는 중간 크기의 글자로 된 또다른 소제목일뿐, 물론 그같은 내용이 글 안에 들어 있다 하더라도 필자가 원래 정해 놓은 그 칼럼의 방향이자 주제는 "젊은 벗들, 역사에서 무엇을 배우는가?"였다. 그런데 자극적인 소제목이 갑자기 부각되면서 필자의 언설言說이 침소봉대針小棒大되어 만파萬波를 일으킨 것이 바로 '죽음의 굿판' 사건인 것이다.

이 사건은 굳이 그러한 발언을 하지 않아도 충분한 명예를 누리고 있던 김지하가 섬망譫妄 중에 저지른 위악적 행위의 자해적 결과였다.

김지하가 민주 진보진영의 사람들로부터 결정적인 비난을 받게 된 또 하나의 빌미가 '박근혜 지지' 사건이다. 당시의 정치평론 중에는 "김지하가 박근혜의 품에 안겼다"는 식의 비유적 표현까지도 떠돌고 있었다. 여기에도 중대한 오해가 개재되어 있다.

　김지하는 박근혜의 아버지인 박정희와는 철천지 원수지간이다. 박정희 폭압정권은 김지하가 보는 앞에서 그의 아버지와 어머니를 고문했다. 김지하 자신이 황량한 독감방에서 일체의 면회와 운동마저 금지된 상태로 6년을 보냈다. 그러한 김지하가 대선 당시 박근혜의 방문을 받아들인 데는 이유와 조건이 있었다. 하나는 박정희와의 악연을 끊고 국민통합의 길을 모색하자는 것, 또 하나는 생명사상을 정치적으로 실현하자면 여성이혹은 여성적인 것이 앞장서야 한다는 것, 그리고 자기를 만나려면 생명운동가 장일순 선생의 묘소를 먼저 참배하고 오라는 것 등이었다. 이는 '박근혜의 품에 안기는' 것이 아니라, '박근혜까지 품에 안으려는' 행동이었다고 봄이 옳다. 아마 상대후보인 문재인이 찾아왔더라도 김지하는 당연히 방식을 달리하여 받아들였을 것이다.

　이 사건은 김지하 스스로 후에 자신의 위악적 행동이 잘못된 판단이었다고 술회했으므로 일단락되는 것이 필요하다.

　김지하가 세상을 떠나자 대다수의 언론들이 그를 '저항시인'으로 부각했고, 작품 중에서는 정치풍자 담시譚詩 「오적五賊」과, 민주화를 염원한 서정시의 걸작 「타는 목마름으로」를 대표작으로 꼽았다. 그 시들이 김 시인의 대표작이라는 데는 이의가 있을 수 없다.

하지만 김지하를 저항시인으로만 칭하는 것은 그의 세수歲數 여든 가운데 전반부 반절에만 해당되는 내용이다. 감옥에서 나온 1980년 이후, 김지하는 시인과 더불어 사상가로, 생명운동가로 거듭났다. 그것도 아주 탁월한, 기실 전무후무한 사상가로.

1982년 김지하는 생명사상과 생명운동에 관련한 최초의 보고서를 초안하였다. 이 보고서를 무위당 장일순 선생을 비롯하여 원주 캠프의 활동가들이 함께 읽고 토론하여 완성한 것이 바로 〈생명의 세계관 확립과 협동적 생존의 확장〉이라는 문건이다. ,

'지하 형님'은 그 문건이 완성되자마자 어느 날 조용히 나에게 그 문건을 보여주었다. "죽음의 먹구름이 온 세계를 뒤덮고 있다"로 시작되는 첫대목부터 나는 그 문건에 완전히 압도되었다. 앉은 자리에서 바로 탐독耽讀을 했는데, 한참을 기다려주던 지하 형님이 평가?를 구하는 것 아닌가? 나는 글의 내용에 너무나 감동한 나머지 급하게 이렇게 말을 지어냈다. "형님, '공산당 선언' 이후 최고의 선언이 나왔습니다." "그래?" 지하 형님이 뜻밖이라는 듯 어리둥절해 하면서도 기분은 좋으신 것 같았다. 나는 지하 형님이 더 물어보면 어쩌나 좀 걱정이 되었는데, 사실은 내가 '공산당 선언'을 읽어본 적이 없었기 때문이었다.

그 문건은 후에 주요 내용이 재정리되어 김지하의 산문집『남녘 땅 뱃노래』두레출판사에 '삶의 새로운 이해와 협동적 생존의 확장'이라는 제목으로 수록되어 있는바, 기실 오늘날 우리가전 세계가 겪고 있는 기후위기와 팬데믹을 40년 전에 벌써 예견한 내용이었다.

'생명의 세계관'의 핵심은 '이원론적 세계관'을 부정·극복한 '일원론적 세계관'을 설파한 것으로, 이는 '천동설'을 부정한 '지동설'에 비견할 만한 엄청난 사고의 전환, 문명의 대전환을 예고하는 것임에도 아직 일반화보편화되고 있지 못한 점이 못내 아쉽다. 불과 몇백 년 전만 하더라도 세상 사람들은 모두 '태양이 돈다'고 생각하고 있었다. 허나 지금은 어린아이까지도 '지구가 돈다'는 것을 알고 있다. 마찬가지로 온 우주와 지구 생명체는 하나라는 것, 동물과 식물이 하나의 생명계로 연결되어 있고 광물에도 생명이 있다는 것, 신과 인간이 별도가 아니고 사람 몸 속에 신이 들어와 있다는 '일원론적 세계관'을 이제 곧 어린 아이까지도 다 알게 될 것이다. 그것도 과학적인 방식으로…. 물리학뿐만이 아니라 생물학적으로도 아주 쉽게 다 밝혀질 것이다. 가히 코페르니쿠스적 전환이라 할 만하다. 아니, 그보다 더 크고 더 깊은 '문명의 대전환'이다.

다만 그러한 집단적·전인류적 깨달음이 오기 전에 돌이킬 수 없는 재앙이 먼저 닥칠 수 있다는 것이 김지하의 염려였고 노심초사였던 것이다.

이제 충격적인 '불편한 진실'을 털어놓아야 될 것 같다.

김지하 시인은 밀폐된 독감방에서의 외로운 면벽생활에서 깊은 병을 얻었다. 그것은 정신적인 중상으로, 인간의 의지로는 어쩔 수 없는 불치의 천형天刑이었다. 감옥에서의 고통스런 인내와 사유는 한편으로는 섬광閃光처럼 생명에 대한 깨달음으로 왔고, 한편으로는 섬망譫妄이라는 어두운 그물이 그를 감아죄었다. 그가 불시에 저지른, 정상을 벗어난 이해할 수 없는 언행은 대체로 그 섬망 속에서 일어난 일시적 정신 혼돈에 연관이 있다.

우리는 오히려, 그러한 육체적 고통과 한계 속에서도 처절하리만큼 치열하게 인간과 사회의 변혁과 완성을 고뇌하고, 지구와 우주 생명에 대한 전일체적 깨달음에 다다른 김지하의 구도求道적 일생을 경외해야 마땅하다.

그는 이 세상을 떠났지만, 남은 우리는 그가 그토록 애타게 알려 주고 싶었던 생명의 길, 평화의 길로 이 세상을 지키고 가꾸어 나가야 하기 때문이다. 아니, 내 후손들에게 생명의 위기, 전 지구적 재앙이 닥쳐서는 안 되기 때문이다.

부용산 넘어 생명의 길로!

정 성 헌

한국DMZ평화생명동산 이사장

지하 형님께서 이승을 떠나신 후 49재 되는 날, 남은 사람들이 형님의 혼령을 편안히 보내드리고자 정성으로 모였습니다.

돌아보니 형님과의 만남인연, 시절인연이 어언 51년이었습니다.

1971년, 노동자 조직 20만명이라는 큰 뜻을 가운데에 놓고 원주 봉산동 장일순 형님 댁에서 만났습니다.

곧바로 가까운 동네가게로 옮겨가서 소주를 대여섯 병 마셨지요.

그때는 기본이 2병,

노동자 조직보다는 작품구상 얘기가 호기롭고 장쾌하였지요.

세월은 빠르고 세상은 소연한데 마음은 처연합니다.

가뭄과 폭염을 걱정하며 숲을 바라보니, 바람에 나뭇잎만 흔들릴 뿐….

생명이 세상에 태어나면 '반드시 죽는다'는 정해진 이치를 왜 모르겠습니까?

인연이 무겁고 정이 쌓여, 이 생각 저 생각에 누구 말대로 '한조각 구름이 일어나고, 스러지는 것'이 정녕 우리들 인생의 모습이던가?

김지하 추모문화제에서 추도사를 발표하는 정성헌(2022.6.25 천도교중앙대교당, 사진 장성하)

그러하면서도 그러하지 않는 것 같습니다.

20여 년 전, 형님이 단학 관련 명상수련 단체를 비판했다고 '테러' 어쩌구 저쩌구 했을 때, 형님이 제가 있던 산골 흙벽돌집에 한 50여 일 머물렀을 적이 있었지요.

그곳 춘천 인근에도 있는 '부용산' 자락이 그리 멀지 않았습니다. 형님은 그때 몇 번이나 봉황이라는 큰 새 얘기를 꺼내셨지요. 허나 저에게는 봉황 얘기보다 형님이 새벽 기도를 두세 시간씩 정성되게 하시던 기억이 선명합니다.

형님! 얼마나 몸 고생, 마음 고생이 많으셨습니까!

오죽하면 형수님께서 저보고 '내가 먼저 죽으면 세상물정 모르는 김 시인이 너무 고생할 것이니, 그가 먼저 죽고 내가 뒤따라가야 한 다'고 몇 번이나 말씀하셨지요.

형님! 말년에 여러 가지 병이 겹쳐 너무 고생이 크셨습니다.

유신독재 때의 혹독한 감옥살이로 몸과 정신이 엉망이 돼서 정신 병원에 드나들고, 온갖 처방을 찾으셨지요. 저도 홧병, 교통사고, 암 수술 등으로 몇 달 몇 년을 병원을 다니다 보니 몸의 고통을 어느 정 도는 압니다.

몸이 아프면 정신도 아픈 것이고, 마음이 아프면 몸이 더 나빠지 는 것…. 고통을 겪어보지 못한 사람들이 그리 무심하게 또는 험한 말을 하지요.

형님!

1980년대 초 형님이 외치고, 쓰고, 조직했던 '생명운동'은 여러 갈 래로 이름은 다르고 조직 형태나 활동 내용은 달라도 생명의 큰 길 을 열어가고 있습니다. 하긴 생명의 운동 양식이 그런 것이라고 생 각합니다.

형님이 광주민중항쟁 이후의 그 암울했던 시절에 벼락 때리듯 '생 명운동'의 큰 깃발을 올렸을때 우리는 정말 흠쾌欽快하게 뜻을 같이 하였습니다. 저는 그때 가톨릭농민회가농 조직부장 시절이었지요.

많은 이들은 '생명운동'이라면 원주 장일순 선생을 먼저 생각하는데, 제가 알고 겪은 바로는 '생명운동'은 김지하 시인이 길을 열고 뜻있는 이들이 생명체의 특성대로 제 각각 역할을 분담하여 싹을 틔우고 물을 주어 가꾸었지요.

이를테면 이런 큰 인물들이 나섰습니다.

김지하 - 생명사상, 생명운동의 깃발을 말하고 쓰고 초기 조직하다.

장일순 - 쉬운 말로 이를 대중 특히 천주교 대중들에게 전파하다. 그 후 더 많은 이들을 만나다.

박재일 - 생명살림 협동체 한살림을 만들다.

지학순 주교 - 김지하, 장일순, 박재일을 후원하고 초기 한살림을 돕다.

이건우 - 생명운동이 협동조합운동으로 조직화되도록 생협^{생활협동}조합을 교육하고 안내하다.

가농 - 유기농업을 중심으로 생명공동체 운동을 실천하다.

정말 많은 분들이 자기 나름대로의 '생명운동'을 전개하였습니다. 한살림운동, 생명공동체운동, 생명평화운동, 녹색운동 등….

정말 우리 주변의 알게 모르게 뛰어난 선각자들과 중생, 뭇 생명과의 생명운동이었습니다.

형님!

엄청난 파고로 닥쳐올 기후위기, 언제 다시 재발할지 모르는 팬데믹 위기, 생명의 위기가 심각하고 심각합니다.

상황은 절박하고 시간은 촉박합니다.

온 마음 온 몸으로 형님의 본뜻을 이어받아 생명의 길로, 생명살림의 대전환으로 가겠습니다.

형님! 편히 쉬소서.

4355년 6월 25일

정성헌 모심

김지하 시인을 그립니다[*]
- '혁명'과 '생명'에 몸 바친 궁핍한 시대의 시인

이 기 상

외국어대학교 철학과 명예교수

---

[*] 〈김지하 시인을 그립니다 - '혁명'과 '생명'에 몸 바친 궁핍한 시대의 시인〉,『산넘고 물건너』
제6호 여름(열린서원, 코리안 아쉬람, 2022, 7-19.)

나는 철학도로서 일생 '뜻'을 찾아 지금 여기까지 왔다. 나에게 처음으로 '뜻'을 가장 강력하게 새겨준 사람은 시인 김지하이다. 1970년 김지하의 시 「오적」이 어느 잡지에 발표되었다. 그 당시 나는 가톨릭대학 신학부 3학년생이었다. 3년 동안의 군생활을 마치고 학교에 돌아온 참이었다. 「오적」은 발표되자마자 군사정권의 표적이 되었다. 잡지사는 강제로 문을 닫아야 했고 잡지는 전량 회수되어 소각 처리되어야 했다. 혜화동 가톨릭 신학대학에서 기숙사생활을 하고 있던 나에게도 그 조치가 해당되어 배달받은 잡지를 강제로 빼앗겨야 했다. 나는 수거 당하기 전에 「오적」을 노트에 옮겨 적느라 밤 시간을 설치며 보냈다.

이렇게 김지하 시인과의 '인연'이 시작되었다. 1972년 벨지움 루뱅 대학으로 유학을 갔다. 신학을 포기하고 철학을 공부하기 위해 1975년 독일 뮌헨으로 학교를 옮겼다. 그 당시 독일 유학생들을 중심으로 〈민건회民主社會 建設協議會?〉라는 것이 발족되어 멀리 이국땅에서나마 조국의 민주화운동을 돕자는 움직임이 생겼다. 나는 빨리 공부를 끝내고 귀국하는 게 목적이었기에 정식으로 회원이 되는 것은 피했다. 그냥 간접적으로 관심을 가지고 친한 친구가 가입해 있었기에 열심히 독일에서의 "운동"을 지켜보았다.

그때 김지하의 「타는 목마름으로」라는 시가 발표되어 젊은 유학생들의 가슴을 뜨겁게 불태웠다. 1979년 박정희 대통령의 암살 사건 이후 짧은 1980년의 "민주화의 봄"이 지나고 또다시 춥고 살벌한 탄압의 시절이 도래했다. 나는 간접적으로 가톨릭 단체를 통해 전단지를 돌리는 정도로 활동하며 공부에 더욱 매진했다. 1983년 김지하의 『황토』가 독일어로 번역되어—Kim Chi-ha, Die gelbe Erde und andere Gedichte, deition suhrkamp, 1983—대형 서점에 전시돼 있는 것을 보고 반가운 마음으로 사서 읽어보았다. 1984년 박사학위 논문을 제출하고 8월 일시 귀국해서 9월부터 한국외국어대학교 철학과에서 강의를 시작했다.

유학 동지들과 동창 몇몇이 뜻을 모아 〈우리사상연구소〉를 만들어 "현대 한국사상"을 공부하기 시작했다. "생명"이라는 새로운 화두를 던지고 있는 김지하 시인의 "생명사상"을 공부하자는 내 제안을 연구원들이 받아들여 "생명"에 대한 공부를 하며 세미나도 갖고 연구발표회도 열었다. 그것을 모아 책으로도 출간하였다. 『생명과 더불어 철학하기』철학과현실사, 2000가 그것이다.

나는 내 공부 목표를 〈존재에서 생명으로〉라고 잡고 21세기 철학의 화두가 "생명"이라고 자신하며 거기에 매진하기로 결심했다. 그렇게 결단을 내리게 된 데에는 김지하 시인의 시집과 책들이 결정적인 영향을 끼쳤다. 김지하 시인에 관련된 모든 책들을 구입해서 읽고 정리했다. 그 연구 결과물을 〈김지하의 생명사건론 - 생활 속에서 이루어야 하는 우주적 대해탈〉『해석학연구 제12집. 낭만주의 해석학』 철학과현실사, 2003, 495~574쪽이라는 제목으로 학술지에 발표했다.

이 논문이 실린 책과 그 별쇄본을 〈우리말로 학문하기 모임〉의 부회장께 드리며 김지하 시인에게 전해달라고 부탁했다. 그분은 김지하 시인을 집에 숨겨주었다는 것 때문에 8년가량을 해직교수로 지낸 '경력'이 있는 김지하 시인의 절친이었다. 그것이 인연이 되어 나는 김지하 시인의 출판기념회에 초대를 받아 처음으로 김지하 시인을 만날 수 있게 되었다.

벼락을 맞으며 하늘의 뜻을 전한 '중간 신'인 '시인'

김지하 시인은 이렇게 내 일생의 보이지 않는 '선생'이며 '길잡이'였다.

하이데거의 현상학과 존재론을 공부하며 하이데거가 후기에 횔덜린의 시에 매료되어 "자연"과 "성스러움"에 빠져든 것을 이해할 수 있게 되었다. "철학의 종말"이 외쳐지는 시기에 철학은 어떤 새로운 길을 찾아야 하는가! 횔덜린은 시인의 천부적인 역할을, "번개 치는 날 맨머리로 들판에 나가 벼락을 맞는 사람"이라고 하였다. 벼락은 "하늘의 뜻"이다. 그렇게 하늘로부터 받은 뜻을 이제 "민족에게 전달해야" 하는 것이 시인의 임무다. 그런 시인을 횔덜린은 "중간 신"이라고 하였다. 신과 민족 사이에서 중간자 역할을 하는 사람이 시인이라고 말이다.

누가 무어라고 하든 김지하 시인은 이 시대에 바로 그러한 "중간 신"의 역할을 떠맡고 거기에 맞추어 벼락 치는 날 맨머리로 들판에 나가 그 벼락을 홀로 온몸으로 맞은 시인이었다. 시대의 역풍에 정면으로 맞서며 "혁명"을 외치다가 "사형 선고"까지 받아야 했던 우리 시대의 순교자였다. 감옥생활을 하면서 김지하가 온몸으로 깨닫게 된 것은 새 시대의 화두는 "혁명"이 아니라 "생명"이라는 것이었다. 감옥소에서 나와 큰 거리로 나와 보니 빌딩 곳곳에 "생명"이라는 팻말이 걸려 있는 것이 자기를 반갑게 맞이하며 새로운 화두를 환영하는 듯하였다고 김지하 시인은 회고했다. 그 광고판들은 갖가지 보험사에서 손님을 끌기 위해 커다랗게 내건 〈생명보험〉 홍보물들이었다.

"혁명"에서 "생명"으로 화두를 바꾸니까 같이 혁명운동 하던 사람들은 김지하가 "변절"했다고 김지하를 비판하며 매도하기 시작했다. 뱁새가 어찌 황새의 뜻을 알 수 있는가! 20세기 말 서양에서도

〈세계생명문화포럼_경기2003〉에서 김지하 시인과 함께(오른쪽 이기상)

한스 요나스를 비롯해 많은 학자들이 21세기 지구촌의 화두가 "생명"이 될 것을 예고하고 있었다. 그것을 김지하 시인은 감옥소에서 "하늘의 뜻"을 받아 깨닫고 있었다.

나는 그런 김지하의 뜻을 이해할 수 있었기에 그동안 내가 한 공부를 바탕으로 해서 김지하와 더불어 동아시아적인, 한국적인 "생명학"을 정립해 보자는 욕심이 생겼다. 뜻이 있는 곳에 길이 있다고 그 당시 새로 경기도 지사로 선출된 손학규 도지사가 김지하를 적극적으로 도와 후원하겠다는 의사를 표시해 왔다. 김지하는 경기도의 후원으로 〈세계생명문화포럼_경기2003〉을 기획하고 개최한다. 내가 김지하 시인을 만나게 된 때가 바로 이 포럼이 출범해서 첫 대회를 열기 직전이었다.

2003년 12월 18일부터 20일까지 〈세계생명문화포럼_경기2003〉이 처음으로 열렸고 나는 주제마당 I에서 〈생명학의 미래를 생각한다 - 지구 살림살이를 위한 생명학〉『21세기 문명의 전환과 생명문화』, 세계생명문화포럼_경기2003 자료집, 105~123쪽이라는 글을 발표했다. 이 포럼을 위해 〈생명학 포럼〉이 만들어졌고 2004년 〈생명과 평화의 길〉이라는 모임도 결성되었다. 여기에 나는 초청인과 발기인으로 참석하였다.

나는 제2차 〈세계생명문화포럼_경기2004〉 추진위원으로 위촉되어 포럼을 기획하고 세부 사항들을 논의하며 준비하였다. 2004년 11월 12일부터 14일까지 파주출판단지에서 열린 〈세계생명문화포럼_경기2004〉에 추진위원과 전체마당 사회자로 참석하였다.

나는 제3차 〈세계생명문화포럼_경기2005〉 기획위원회 위원장으로 선임되어 대회를 준비하였다. 2005년 9월 3일 〈세계생명문화포럼_경기2005〉에서 주제발표를 하였다. 〈삼신 할매의 살림살이 이성이 현대 사회의 삶에 가지는 의미〉『동아시아 문예부흥과 생명평화』, 세계생명문화포럼_경기2005 자료집, 345~363.가 그것이었다.

나는 제4차 〈세계생명문화포럼_경기2006〉의 기획위원 및 추진위원으로 선정되어 대회를 준비하였다. 2006년 6월 21일 〈세계생명

문화포럼_경기2006〉 생명사상 마당에서 주제발표를 하였다. 〈생명
의 진리와 생명학 - 지구 생명시대에 요구되는 생명문화 공동체〉『생
명사상과 전 지구적 살림운동』, 세계생명문화포럼_경기2006, 81~119쪽.

한국 발發 "생명학"의 정립을 위하여

이렇게 김지하 시인과 함께 〈세계생명문화포럼_경기〉를 네 차례
열면서 수많은 회의와 세미나, 강연회, 발표회 등을 가졌다. 그런데
이때 아이러니하게도 대회를 주최하는 회원들 가운데 핵심회원 네
사람이 암과 사투를 벌이고 있었다. 김지하 시인은 전립선암으로
고생하고 있었고 나는 대장암을 모르고 준비에만 전념하였다. 다른
두 사람은 폐암을 치료받으면서 포럼 준비에 힘을 다했다. 폐암으
로 고생하던 두 사람은 포럼 기간 중에 결국 세상을 달리하였다.

김지하 시인과 나 그리고 포럼을 함께한 많은 각계의 학자들이
〈세계생명문화포럼〉에서 쌓은 경험과 학술연구 결과물들을 바탕
으로 해서 '생명학'이라는 학문을 정립시켜 보자는 더 큰 야망을 이
루어보기로 의견을 모았다. 나 역시 한국 발發 인문학의 태동을 꿈
꾸고 있던 사람이라 적극적으로 발벗고 나섰다. 〈학술진흥재단〉에
서 도와줄 수 있겠다는 언질이 있어 희망 속에 큰 그림을 그리고 학
제 간의 규모로 "연구 프로젝트"를 키워서 큰 기획서를 마련하기로

〈생명학회〉 창립총회(2007)

했다. 이를 위해서 그것을 학술적으로 뒷받침할 수 있는 "학회"가
필요했다. 그래서 〈생명학회〉를 창설하기로 하고 그를 위한 만반
의 준비에 나섰다.

2007년 5월 26일 〈생명학회〉 창립총회를 갖고 나는 거기에서 초
대 회장으로 추대되었다. 그런데 아쉽고 불행하게도 김지하 시인과
의 "생명학 꿈"은 여기까지였다. 몇억 대의 연구비가 기획되고 4-5
명의 연구교수 직이 걸린 〈프로젝트〉는 좋은 뜻만 갖고는 성사될
수 없음을 뒤늦게 체험으로 알게 되었다. 자기들의 이익을 위해 김
지하 시인에게 달콤한 말로 이런저런 묘책을 알려주는 사람도 생기
고 학자들 사이에도 이견이 표출되었다. 김지하 시인의 "변절"로 불

편해 하던 몇몇 사람들은 발벗고 이 일을 막으려 나서기까지 했다. 민주적인 절차에 의해 〈프로젝트〉 연구비가 지급되어야 한다는 "학진" 측의 관료주의 벽에 부딪쳐 모처럼의 학제 간 통합 연구 프로젝트는 무산되고 만다. 나는 하루 임기의 "생명학회" 회장으로 끝난 셈이다. 나는 2007년 더 이상 통증과 하혈을 참을 수 없어 병원 가서 검사를 받은 결과 대장암 판정을 받았다. 2007년 7월 대장암 수술을 받았다.

생명학회를 꿈꾸던 사람들은 다 여기저기로 흩어졌다. 나는 수술받은 뒤 괴산 시골집으로 내려가 병 회복에 전념하였다. 다시 한 번 뼈저리게 "생명"의 귀중함을 온몸으로 깨달았다. 하루하루의 "오늘" "여기"가 귀중함을 느끼며 매일 살아있음에 감사하며 지낸다.

몸이 조금 괜찮아지자 그동안의 연구 결과물을 정리해서 출간하려고 시도하였다. 2009년 『지구촌 시대와 문화콘텐츠. 한국 문화의 지구화 가능성 탐색』한국외국어대 출판부이라는 책을 내면서 거기에 〈감성과 영성의 기우뚱한 균형: 흰 그늘의 미학〉238-245쪽이라는 제목으로 김지하 시인의 "흰 그늘의 미학"을 소개하였다. 그리고 2010년에는 그동안의 "생명학"에 관한 연구를 정리하여 『글로벌 생명학 - 동서 통합을 위한 생명 담론』자음과모음, 2010이라는 제목으로 책을 출간하였다. 여기에는 이미 발표되었던 김지하 시인의 생명론을 〈제7장 김지하의 생명 사건학: 생활 속의 우주적 대해탈〉237-327쪽이라고 따로 장을 마련해 소개하였다. 그리고 이 책을 원주의 김지하 시인께 보내드렸다.

그리고 예술철학 쪽에 관심을 두고 하루하루를 모든 걸 내려놓고 조용히 지내던 중 김지하 시인의 소천 소식을 들었다.

내 인생을 되돌아볼 때 내가 존경하고 선생으로 여기며 배우고 공부하며 연구한 스승은 김지하 시인이었음을 새삼스레 깨닫는다.

최근에 김지하 시인을 추억하며 글이나 그림을 올리면 몇몇 사람이 김지하 시인의 "변절"을 아쉬워한다. 그럴 때마다 나는 사람을 그렇게 겉에 보이는 사건/사실에 매달려 판단하는 것은 옳지 못하다고 생각했다. 그렇지만 구차하게 그런 걸 일일이 다 변명할 필요는 없다고 생각한다. 각자 다 자기의 삶이 있는 것 아니겠는가! "연탄재"에 대한 어느 시인의 시구가 생각난다. 누가 김지하 시인만큼 그렇게 치열하게 살았는가! 스스로 가슴에 손을 얹고 반성하기 바란다.

우리 시대 김지하 시인만큼 온 목숨을 걸고 시대와 싸운 사람은 아주 드물다. "혁명"을 거쳐 "생명"을 외친 김지하 시인의 뜻을 이어받아 서로서로 살리며 어울려 사는 세상을 만들어나가는 것이 살아 있는 우리들의 몫이다.

김지하 시인! 이제 고향집 하늘나라에서 근심 걱정 없이 평안히 쉬시기 바랍니다.

김지하의 "생명" 시

"눈물"이 무엇인가! 그것은 눈, 시각과 어떤 관계가 있는가? 도대체 관계가 있기나 한가! "눈물" 속에서 우리가 놓인 시대상을 읽어보려고 시도한 김지하의 시 "눈물"을 감상해본다.

「눈물」

가만 있으면
몸에
물이 솟는다

흰 물은 눈이 되어
하늘에 걸린다

울며 걷던
철둑길도 비치고
어둑한 감옥

붉은 탄식

나 죽은 뒤에 남을
자식들 고된
인생도 비친다

슬픈 것은
먹고 또 먹고
죽이고 또 죽여
지구를 깡그리 부시고 있는
지금 여기
나

시커먼 몰골

눈에 자욱히
눈물되어 비치는 것.

- 『중심의 괴로움』 중에서

나는 이 시 속에 우리 나름의 세계관이 표현되어 있다고 본다. 제목이 "눈물"이다. 눈물은 '눈의 물'이고 '물의 눈'이다. 우리의 몸 속에서 솟아나는 하얀 물. 그것은 그야말로 우리의 몸이 하늘과 땅 사이를 잇는 그 사이에 있듯이, 우리 몸에서 난, 눈에서 난 '눈의 물'은 이제 '물의 눈'이 되어 하늘과 땅 가운데 걸려서 하늘을 비치고 땅을 비쳐서 삼라만상 모든 것을 비친다. 그것이 무엇을 비치는가. 그야말로 '아픔'을 비친다. 그런데 처음에는 바로 그 눈물을 쏟고 있는 그 사람의 아픈 현실과 아픈 과거를 비친다. 울며 걷던 철둑 길, 어둑한 감옥, 붉은 탄식 등의 추억, 아픔, 괴로움, 그리고 나 죽은 뒤에 남을 자식들의 고된 인생 등이 비친다.

그렇지만 이것이 좀 더 나아가면 무엇이 되는가? 지금 여기서 이야기하고 있듯이, "슬픈 것은 먹고 또 먹고 죽이고 또 죽여 지구를 깡그리 부수고 있는 지금 바로 나." 바로 '현대인의 모습'이다. 그러니까 '가장 슬픈 것', 그것은 지금 우리에게 먹을 것이 넘쳐나는데도, 역사 이래 지금처럼 먹을 것이 풍부한 적이 없는데도, 아이러니하게도 역사 이래 또한 지금처럼 굶어 죽는 사람이 많은 적도 없다는 사실이다. 끊임없이 죽고 죽이는 나! 남을 죽여야만 내가 산다고 하는 "죽임의 논리!" 그런 삶의 논리 속에, 무한경쟁 속에 살고 있는 현대인. 그런 현대인의 모습을 김지하 시인은 비판하고 있는 것이다. 이런 잘못된 세계관에 우리의 "생명 중심적 세계관"을 대안으로 제시할 수 있다. 그런 세계관 속에서 이제 우리는 인간이 어떠한 모습이어야 되고 어떠한 가치를 지향해야 할지를 생각해 보자고 시는 암시하고 있다. 바로 그것은 우리가 우리말 속에 전수받은 우리의 "삶의 문법"이다.

문화에서 가장 핵심적으로 중요한 것이 무엇인가. 나는 지금까지 계속 강조하며 언급했다. 문화는 그 의미상 일차적으로 "글로 됨"이다. 문화에서 가장 중요한 것은 '말'이고 '글'이다. 우리 문화의 세계화에서 가장 중요한 것은 우리 문화가 담고 있는 세계관, 가치관, 인간관이다. 그리고 우리말이 담고 있는 이상理想, 그 이상이 탈근대에 어떤 식으로 해결책을 제시할 수 있는 대안이 될 수 있는지 반성해 봐야 한다. 그래서 어떻게 보면 가장 크고 중요한 것은 세계관, 인간관, 가치관이다. 그러한 것을 생각해 보고 그다음에 구체적으로 기술, 예술, 지식, 실천에서 어떠한 방식으로 실현해 나가야 할지를 생각해 보아야 한다. 그럴 경우 바로 우리들이 "세계 속의 한국인"이 될 수 있을 것이다.

「살아 있다」

빈 방에
홀로 있다

홀로 살아 있다

살아 있음은
우주로 살아 있음

빈 방에
우주 있다

삼라만상 모두
홀로 함께 살아 뜀뛴다

어느 맑게 개인
가을 날

빈 방에 살아 있다.

- 『중심의 괴로움』 중에서

　김지하 시인은 '빈 방에 홀로 있다'라는 표현도 그 '있음'이 결코
무차별한 그저 그렇게 있음이 아님을 말한다. 그것은 바로 내가 살
아 있는 것이고 나의 살아 있음 속에 우주 전체의 살아 있음이 같이

있는 것이다. 그래서 시인은 이 시에서 '홀로 살아 있음'이라 말하고 있는 이 '살아 있음'이 결코 나 혼자 살아 있는 것이 아니라 우주적 생명체에 동참해 있는 것이라고 말한다. '살아 있음'은 곧 우주로 살아 있는 것이다. 그리하여 빈 방에 내가 홀로 있었는데 이제 그 빈 방에 우주가 있게 된다.

우주 속에 나는 홀로 있는 것이지만 그 속에는 삼라만상이 함께 뛰뛰고 있는 것이다. 홀로 있음 자체는 그전과 다를 바 없지만 그 홀로 있음, 그 있음의 의미를 깨달을 때, 그 '있음'의 의미는 단순한 무차별적인 있음이 아니라, 우주적인 생명체에 동참하고 있음, 즉 '살아 있음'이라는 것이다. 이로부터 이 살아 있음을 살려야 함이라는 "살림"이라는 의미가 나오는 것이다. "살림살이"라는 말은 이 살림을 생활화해 나가야 한다는 의미라고 보면, 김지하 시인의 이 시에는 바로 이 살림살이를 살아가야 할 인간의 과제가 시로 읊어지고 있는 셈이다.

「빗소리」

눈 감고
빗소리 듣네

하늘에서 내려와

땅을 돌아 다시 하늘로

비 솟는 소리

듣네

귀 열리어

삼라만상

숨쉬는 소리 듣네

추위를 끌고 오는

초겨울의 저 비

산성비에 시드는

먼 숲속 나무들 저 한숨소리

내 마음속 파초잎에

귀 열리어

모든 생명들

신음소리 듣네

신음소리들 모여

하늘로 비 솟는 소리

굿치는 소리 영산 소리 듣네

사람아
사람아
외쳐 부르는 소리
듣네.

- 『중심의 괴로움』 중에서

김지하 시인은 빗소리에서 "생명들의 신음 소리"를 듣는다. 우리
가 맞는 비는 '산성비'이다. 그 비는 우리가 더 이상 빗물을 그냥 마
실 수 없을 정도로 심하게 오염되어 버렸다. 비는 우주의 '숨돌이',
'피돌이'이다. 김지하 시인의 이 시에는 "우주 전체가 하나의 생명"
으로 표현되고 있다. 시인은 인간이 우주의 숨돌이, 피돌이인 비를
오염으로 가득차게 만들어 버렸다고 고발하며, 이렇게 인간이 저지
르고 있는 죄악을 직시해야 한다고 외치고 있다. 김지하 시인은 이
시를 통해서 우주 전체가 하나의 "생명"이며, 인간은 우주 전체의
생명을 보존해야 할 책무를 띠고 있다고 말한다. 인간은 "살림지기"
로서의 직무를 떠맡으며 이 땅위에 시인으로 존재한다.
　김지하 시인을 본받아 "시인"으로 이 땅위에 살아 숨쉬며 생명을
살리는 "살림지기"의 책무를 다할 때 우리는 우리 시대의 위대한

"생명 시인" 앞에 떳떳할 수 있을 것이다. "죽음의 굿판을 거둬치워라!" 아직도 그의 외침이 귓전을 때린다.

환경은 생명이다

최 열
환경재단 이사장

김지하 선배와는 알려지지 않은 이야기가 많다.

내가 75년 긴급조치 9호로 구속, 서울구치소 5동에 있을 때 김지하 선배는 4동에 있었다. 그 당시 '옥중 양심선언'으로 박정희 정권은 4동 15개 방 전체를 비우고 통방을 못하도록 칸막이를 치고 방에는 CCTV를 설치해서 교도관이 감시를 하게 했다. 이때 그 교도관을 통해 서로의 소식을 전했다. 내가 6년 선고를 받고 앞으로 환경운동을 하겠다고 전했을 때 김지하 선배는 "환경운동이 앞으로 중요해질 거다. 열심히 책 읽고 공부하라."고 당부했다. 이후 나는 2년 반 동안 옥중에서 200여 권의 일본 환경·공해 책을 읽었다.

81년 3월 YWCA 위장결혼 사건으로 구속, 1년 4개월 복역을 하고 나왔을 때 함께 구속된 백기완 선생이 보안사 대공분실에서 심한 고문 후유증으로 몸무게가 80Kg에서 45Kg으로 줄어들어 폐인이 되셨다. 백 선생님을 살리기 위해 강원도 추곡약수터에서 함께 요양을 하던 그해 여름, 김지하 선배가 찾아와서 「부용산」을 비롯 100곡 이상의 노래를 부르며 백 선생님을 위로한 일이 기억난다.

석방 후 82년 한국공해문제연구소를 창립할 때 김지하 선배로 부터 난蘭 5점을 받아 지인에게 한 점에 200만 원에 팔아 초창기 환경운동 활동에 보탰다.

85년 온산 공해병으로 시끄러울 때 공해 문제를 다룬 좌담을 했다. 백기완, 김지하, 정호경 신부 그리고 내가 연 이틀간에 걸쳐 대담한 기억이 난다. 그 무크지의 제목이 '삶이냐 죽음이냐'였다. 40년 전 환경 공해의 중요성을 구체적으로 예견한 김지하 선배의 통찰력에 놀랐다.

86년 체르노빌 사고 이후 김지하 선배는 "인간과 핵은 공존할 수 없다"는 이야기를 자주했고 글도 썼다. 김지하 선배는 생명운동가이자 문명비평가라고 말하고 싶다.

90년 4월 22일 지구의 날 행사 때 캐치프레이즈를 〈이 땅, 이 하늘, 우리 모두의 '생명'을 위해〉로 내걸었는데, 이 구호는 김지하 선배가 제안한 것이었다. 나는 〈이 땅, 이 하늘, 우리 모두의 '환경'을 위해〉로 제안하려고 했는데, 김지하 선배가 '생명'이 더 좋겠다고 해서 동의를 했다.

93년 전국 8개의 환경단체를 통합해 〈환경운동연합〉을 창립할 때도 나는 '환경'을 주장했고 김지하 시인은 '생명'을 주장했다. 그래서 만든 캐치프레이즈가 '환경은 생명이다'였다.

75년 서울교도소는 아침마다 기상과 동시에 박정희가 작사한 것으로 알려진 '새벽종이 울렸네'와 '좋아졌네 좋아졌네'가 30분간 반복해서 방송되었다. 그런데 김 시인이 아침 청소를 하다가 자기도 모르게 빗자루를 쓸면서 '좋아졌네, 좋아졌네' 노래를 따라하게 되었다며 "이게 세뇌다"라고 한 말이 기억난다.

85년 한살림 운동 초창기에 내가 원주에 가서 강연할 때면 김영주 형수와 함께 꼭 들고 밥을 사주었다. 냉면을 먹을 때는 항상 곱배기를 들었다. 뭔가 허기가 진 사람 같았다. 그때는 강원도의 기氣가 세다며 그곳을 찾아다닌다고 형수님에게 택시비를 받아 분주하게 다녔다고 한다.

고문 후유증으로 병원도 다녔고 약도 많이 복용을 했는데, 집에 전화가 오든지 누가 집에 문을 두드리면 또 잡혀가는 공포트라우마가 있었다고 한다.

1991년 학생들이 잇따른 분신을 하던 5월 어느 날, 김선배를 이화여대 앞 다방에서 만나기로 했는데 나오지 않았다. 전화를 했더니 일산 집으로 오라고 해서 갔다. 그랬더니 〈조선일보〉 기자로부터 원고 청탁이 와서 원고를 조금 전에 보냈다며 그 내용을 나에게 소상히 말해 주었다. 내가 "그 칼럼이 나가면 난리가 납니다. 바로 취소를 해달라"고 설득했더니 김선배는 "늦었다. 가판이 나왔을 거다."라고 해서 어쩔 수 없었다. 다음날 〈조선일보〉를 보니, ' 젊은 벗들, 역사에서 무엇을 배우는가?'라는 칼럼이 실렸는데, 중간제목신문 용어로 '미다시'이 '죽음의 굿판 당장 걷어치워라'로 크게 뽑아져 있었다. 나는 정말 난리가 났다고 생각했다.

김지하 선배는 정말 공부를 많이 했다. 깊이 있는 이야기를 거미가 거미줄 뽑듯이 끊임없이 뽑아냈다. 생태학 관련 서적을 많이 읽었고, 그 내용을 동학사상과도 융합시켰다. 기억력이 엄청 좋아 수십 년 전 일도 그림 그리듯 설명했다.

선배는 형수님과 함께 밥을 사주면서 항상 "생태공부 더 해"라는 말을 끊임없이 했다. 3년 전 김영주 형수님이 먼저 삶을 마치고, 장례식장에서 김 선배를 만났을 때 쓸쓸하게 보였다.

선배님, 정말 파란만장한 삶을 사셨어요. 긴급조치 때 선배님 양심선언을 배포했다고 구속된 동료들이 떠오릅니다.

형님! 이제 편히 쉬세요!

생! 명! 땅끝에 서서*

주 요 섭
생명운동가

* 다른 백년 2022.06.02. http://thetomorrow.kr/archives/15899

"70년대 한국의 대표적 저항시인 김지하."

언론들은 그의 생애를 한 줄로 요약했다. 마치 보도지침이라도 받은 것처럼 한결같았다. 또 다른 버전이 있었지만, 맥락은 크게 다르지 않았다.

"오적五賊의 시인 김지하." 1941년생인 그의 생애 전반부 40년 만이 의미 있는 삶으로 규정되었다. 1982년 '생명의 세계관 확립과 협동적 생존의 확장'이라는 문서를 기초한 이후 생명사상가, 생명시인으로 살아왔던 그의 후반기 생애 40년은 삭제되었다.

그러나, 나에게 김지하는 생명시인이자 생명사상가다. '타는 목마름'의 대구對句는 '민주주의'가 아니라, '생명'이다. 나에게 김지하는 감탄사 같은 존재였다. 정체를 알 수 없는 첩첩산중이었다. 가끔은 불편함이었지만, 자주자주 놀람의 연속이었다. 그는 어마어마한 말들을 토해냈지만, 어떤 말로도 포착되지 않았다. 지난 5월 8일 그의 부고를 전해 듣고, '아아~!' 나도 모르게 소리 없는 탄식이 흘러나왔다.

"나는 찢어진 사람입니다"

"나는 찢어진 사람입니다."

나에게 김지하는 무엇보다 '찢어진 사람'이다. 30여년 전 한 강연에서의 자기고백이 비수처럼 나의 가슴에 박혀 있다.

1990년, 「한살림선언」이 발표된 이듬해 여름, 김지하는 천도교중앙대교당^{서울 종로 소재}에서 긴 강연을 한다. 제목은 '개벽과 생명운동'. 생활협동운동으로서의 생명운동과 구분되는 생명문화운동으로서의 생명운동의 큰 틀을 밝히는 시간이었다. 「한살림선언」에 버금가는 또 하나의 생명운동 선언이었다.

그런데, 이 자리에서 그는 장대한 개벽적 생명운동의 서사를 '찢어진 나'로 시작했다. 그리고 "생명력을 상실하고, 생명이 파괴된 사람"이라며 자신의 속살을 드러낸다. 생명사상의 창시자 입에서 나오는 이야기가 '생명이 파괴된 사람'이라니. 이어서 이렇게 고백한다; "지난 5년 동안 혹독한 병에 시달리면서 제가 생각하는 것은 산속으로 들어가 중이 되든가, 자살을 하든가 두 길밖에 없다고 생각해 왔습니다."

그는 찢어진 생명이었다. 그렇다. 그의 삶은, 그의 생명사상은 통합적이지 않다. 분열적이다. 파괴적이다. 그는 모순과 딜레마의 생명시인이었다. 그는 전일성의 생명사상가가 아니라, 역설의 생명사상가였다. 그는 고통과 죽음의 생명시인이었다. 이듬해 1991년 봄, '죽음의 굿판'에 대한 단호한 부정은 어쩌면 너무도 당연한 일이었는지도 모른다.

개벽통

그의 '생명사상'은 '생명철학'이 아니다. 그의 생명사상은 형이상학적 질문과 탐구의 결과물이 아니다. 철저하게 체험적이다. 신체적이다.

그리고 그것은 무엇보다 죽음 같은 고통의 체험이었다. 그의 생명사상은, 역설적으로 '죽음의 생명사상'이었다. 위기의 '세계감世界感'보다 더욱 뼈아픈 종말의 '세계통世界痛'이었다. 정동이론가들의 비유대로 신체를 '공명共鳴상자'라고 말한다면, 그의 신체는 세계의 고통과 공명하는 '고통상자'였다. 그러므로, 6년여의 감옥생활 끝에 얻은 한 소식, 민들레 꽃씨와 개가죽나무의 빛나는 생명체험은, 어느 시인이 표현대로, 길고 긴 고통의 터널의 끝에서 일어난 기적 같은 사건이었다.

김지하는 스스로 '개벽통開闢痛'이라고 이름을 붙였다. 말 그대로 '개벽의 고통'이었다. 산통産痛, 출산의 고통이었다.

그렇다. 개벽은 상상력의 산물이 아니다. 고통과 포한의 결과물

김지하 추모문화제에서 시인의 영전에 술을 올리는 주요섭(왼쪽은 이청산)
(2022.6.25 천도교중앙대교당, 사진 장성하)

이다. 물론 고통의 질감은 사람마다 다를 것이다. 그리고 김지하의
고통감은 특별한 것일 수도 있고, 과장된 것일 수도 있다.

그러나, 분명한 사실은 고통 없이는 개벽도 없다는 것이다. 상상
만으로는 세계를 바꿀 수도 없고, 또 다른 세계를 탄생시킬 수도
없다는 것이다. 서사이론에서 이야기하듯이 인간은 "고통을 겪을
수 있는 존재"이며, 그리하여 그 "고통을 서사할 수 있는 존재"인
것이다.

그러므로, 김지하가 말하는 "인간의 사회적 성화"는 초월적이지

않다. 신체적이다. 세속적이다. 생명사상가 김지하를 만나기 위해서는 생명으로 추상화되기 전 신체와 의식과 그것들 사이의 물리적, 물질적 상호작용에 주목해야 한다.

오랜 독방 감옥 안에서 기어이 살아남았던 한 인간, 한 생명체의 고투와 갈등과 분열과 거듭남과 자기-서사에 주의를 기울여야 한다. 그의 '거룩한 신체론', '영성의 그물로서의 신체'를 관심해야 한다. 그는 사상가 이전에 수행자였다. 나름의 수련 체계와 수련법을 창안했다.

김지하의 생명사상은 '치유의 생명사상' 이전에 '깨달음의 생명사상'이다. 깨달음이라는 말 그대로 깨어지고서야, 깨버리고서야 다다를 인간 생명의 또 다른 경지 말이다. 생명체는 고통을 피하도록 습관화되어 있다. 안전과 안락과 안심을 향하도록 프로그램화되어 있다. 생명의 지혜다. 그러나 안락과 치유의 약속은 흔히 덫이 된다. 나에게 김지하의 생명사상은 웰빙의 사상이 아니라, 전투적인 깨달음의 사상이다.

종말이 개벽이다

나는 긴 감옥의 추운 독방에서 바로 이것, 종말이 다름 아닌 개벽이며 그 개벽은 곧 달이 천 개의 강물에 모두 다 제 나름의 모습으로 달리 비치는 만물해방의 날이 열림이고 세계가 세계 스스로를 인식하는 대화엄의 날이 열림임을 알았다. 나는 화엄 세계를 개벽하는 종말 앞에서의 선禪적 결단이 바로 동학의 제1 원리인 '모심侍'임을 알았다.『아우라지 미학의 길』

"절망은 새날의 시작이다." 그의 통절한 깨달음이다. 종말이 개벽 이다. 역설이다. '개벽하는 종말'이 경구가 되어 자기-보존의 습에 경종을 울린다.

김지하는 한 발 더 나간다. 명개冥開, 지옥문이 열려야 천국문이 열린다. 그가 마지막 10년을 천착한 생명미학은 지옥문을 여는 '명 개의 미학'이었다. '흰 그늘의 미학'은 명개의 미학으로 더욱 광대해 졌다. 더욱 심오해졌다. 김지하는 돌아가기 전, 이미 지옥문에 들어 선 셈이다.

그것은 "역사 속에 감추어진 '冥명'"이었고, 반드시 거쳐야 하는 " '시커먼 선방禪房' 같은 것"이었다. 그는 평생을 시커먼 선방에서 살 았는지도 모른다.

그러므로, 김지하의 모심은 '허虛를 모심', '공空을 모심'이다. 도덕 적 규범은 물론이거니와 궁극적 실재에 대해서도 가차가 없었다. 백척간두, "감히 허공을 딛는 것이 바로 모심이다." 그에게 생명의 본성은 저항이며, 생명의 반대말은 약동하는 생명을 격자 안에 잘라 맞춘 '이념'이었다.

그의 깨달음은 명료해진다. "풀 끝 흰 이슬에서만 아니라, 시드는 춘란 잎새에서도", "파릇파릇한 상치싹에서만 아닌 흩어진 겹동백 저 지저분한 죽음에서도" 「애린45」 새 생명은 태동한다. 아니다. 오히려 '시드는 잎새'에서만, '지저분한 죽음' 속에서만 생명은 '다시개벽' 할 수 있다. 생명의 역설이다.

그의 생명사상은 '상생相生의 생명사상'이 아니었다. 그의 전환은 '상극相剋의 시대'에서 '상생의 시대'로의 전환이 아니었다. 상생·상극, 역설의 패러다임으로의 전환이었다. 김지하는 일찍이 1999년 어느 글에서 '역설의 영성'과 '역설의 생활화'를 강조하며, "21세기는 역설의 시대"라고 선언한다.

신명

카오스모스만으로는 절대로 아름다운 문화와 아름다운 미에 도달하지 못합니다. 새로운 질서를 창조하지 못합니다. ^{천지공심}

'혼돈적 질서의 역설'에 대한 통찰만으로는 새로운 세계를 태동시킬 수 없다. 김지하는 혼돈의 가장자리에서 태동하는 생명의 자기조직화, 그 배후를 묻는다. 미적 성취의 근원을 탐색한다. 감옥에서, 혹은 수행 중에, 혹은 일상에서 아마도 그는 알 수 없는 어떤 힘을 체험했을 것이다. 오심즉여심吾心卽汝心의 감응感應을 경험했을 것이다. 김지하는 단언한다.";"보이지 않는 질서의 안에 움직이는 어떤 신령한 생성이 있어야 한다." 영성이라고 말해도 좋다. 어쩌면 정동affect 이론의 그것일 수도 있다.

요컨대, 김지하의 깨달음은 인식론적인 것에 머물지 않는다. 이를 테면, 그의 생명사상은 에너지적이다. 신령한 힘, 신명의 힘에 대한 체험적 확신이 있다. 세포 하나하나에도 신명이 있다.

무기물 안에서 신명이 있다. 동학의 개념을 빌려 혼원지일기渾元之一氣를 말하기도 하고, 천부경을 빌려 '묘연妙衍'을 이야기하기도 한다. 최근 사상계의 유행으로 말하자면, 신유물론에서 말하는 '생동하는 물질'에 대한 체험적 통찰일 수도 있다.

동東의 '생명' 사상가 김지하가 서西의 생성 '사상가' 들뢰즈에 감동해 눈물을 흘린다. "역사로부터 시작되고 역사로 돌아가지만 역사가 아니고 역사에 반대되는 민중적 삶의 내면성의 생성으로서의 새로운 시간"을 모신다. 생명의 담지자인 민중의 시간, 신명의 시간이 시작된다.

그러므로 다시, 김지하의 모심은 허공을 모심이다. 그의 모심은 미결정의 생성을 모심이다. 역사적 종착점이나 이념적 진리가 아니다. 텅 비어서 무엇이든지 될 수 있는 무궁한 잠재력이다.

그리고 그것은, 때로는 혁명으로, 혹은 촛불로, 어느 날 문득 만물 해방으로 '다시개벽'한다.

남조선 뱃노래

나에게 김지하의 '우주생명학'은 '환상'의 생명사상이다. 환상은 망상과 구분되어야 한다.

수많은 환상 문학들만이 아니다. 우주적 생태신학자 토마스베리 신부의 『지구의 꿈』이나 『우주 이야기』뿐만이 아니다. 최근에 접하게 된 목사 이신李信 1927-1981의 '환상의 신학'이 생각난다. 영화로 만난 SF소설 '듄'이라는 또 다른 우주 이야기의 환상적 장면들을 떠올리지 않을 수 없다.

"만국활계남조선萬國活計南朝鮮", 온 세상을 살릴 계책이 조선 남쪽에 있다. '살아남은 남쪽 사람들'에게 있다. 그리고, 나에게 그 남쪽은 정읍이었다. 그 사람들은 정읍 사람들이었다. "정읍이 우주의 배꼽이다." 20대의 나를 정읍으로 이끌었던 것은 김지하의 환상적 다시개벽 서사였다.

생명운동은 철학과 방법론이기에 앞서, 민중적이면서도 영성적인 새로운 차원의 사회적 서사였다.

김지하는 신령한, 큰 이야기꾼이다. 세상을 떠들썩하게 만든 담시 '오적五賊'은 에피소드 중 하나일 뿐이다. 40여 년 전 1984년에 출간된 『대설大說남南』을 통해 김지하는 우주생명의 역사와 민중의 역사를 교직해 새로운 차원의 큰 이야기를 지어낸다. '만국활계남조선'과 '우주의 배꼽'과 당대의 사회적 현실과 저잣거리 민중들의 삶이 어우러진 또 다른 세계를 창조한다.

2022년 오늘 우리는 "변하지 않고서는 도리 없는 땅끝"에서 살고 있다. 무엇보다, 삶의 의미, 인간과 사회의 존재 이유, 그리고 진선미의 토대를 다시 묻지 않으면 안 되는 시대를 살고 있다. 변하는 것은 세상만이 아니다. 세상 안의 '나'의 눈동자도, 심장도, 손발도, 신체에 부착된 기계들도 변화하고 있다. 진화하고 있다. 기후변화가, 팬데믹이, 인공지능이 돌이킬 수 없는 새 세상을 만들고 있다. 제 각각의 이야기가 만들어지고 있다. 그리고, 이제 또 다른 이야기가 필요한 시간이다.

김지하의 생명사상도 하나의 사상이고, 생명운동도 하나의 사회적 서사라면 이제 새로운 서사는 우리의 몫이다. 이미 다양한 모습으로 진행형이다. 알아차리는 것이 중요하다. 그리고 연결하는 것이 중요하다. 함께 또 다른 이야기들을 생산하는 것이 중요하다. 단, 이번에는 이야기임을 알고 이야기를 함께 만든다. 자각적 이야기 만들기이다. 감응적 서사 함께 만들기이다. 그리고 무엇보다 그 도저한 신령함을 되살린다.

그것은 미학적 형식일 뿐 아니라, 사회운동의 형식이 된다. 김지하는 이를 생명문화운동이라고 말했다. 동서의 이론가들이 이구동성으로 강조한다. 우리 시대의 사회운동은 미학적이며 윤리적인 것이 될 수밖에 없다. 40년 전 '만국활계남조선'의 예감적 자기-계시는 남조선뱃노래로 문화文化되었다. 오늘날은 어떤 무늬의 이야기가 다시 태어날까.

몇 주 전 조선 남쪽 곡성의 한 청년으로부터 '배 타고 베트남 가기' 10년 프로젝트를 함께 들었다. 나에겐 2022년 버전의 남조선뱃노래로 들렸다. 6월 어느 날 갑오년 동학혁명의 진원지 동진강에 배를 띄우자고 한다. 그리고 엊그제, 순창에서 벗들과 밤을 지새우며 새로운 이야기를 덧붙였다. 곡성의 청년들과 함께, 전라북도의 지역 사람들과 함께 새만금에 배를 띄우자고 함께 약속했다. 그렇다. 신령하고 환상적인 새로운 차원의 거대담론을 생산하는 MZ세대들을 기대한다. 인생 이모작으로 또 다른 해방 서사를 지어내는 586세대를 소망한다.

40여 년 전 "변하지 않고서는 도리 없는 땅끝" 해남海南에서 새로운 시간이 이미 시작되었다. 애린 연작 마지막 50번째 시를, 다시, 읽는다. 또 한 척의 배를 띄운다. 만국활계남조선, 남조선뱃노래 이야기가, 자각적으로 다시 시작된다.

애린으로부터.

그 소, 애린 50

땅끝에 서서

더는 갈 곳 없는 땅끝에 서서

돌아갈 수 없는 막바지

새 되어서 날거나

고기 되어서 숨거나

바람이거나 구름이거나 귀신이거나 간에

변하지 않고는 도리 없는 땅끝에

혼자 서서 부르는

불러

내 속에서 차츰 크게 열리어

저 바다만큼

저 하늘만큼 열리다

이내 작은 한 덩이 검은 돌에 빛나는

한 오리 햇빛

애린

나.

- 「애린2」, 전문

'이원론'이야말로 '죽음의 굿판'*

전 범 선

가수·밴드 '양반들' 리더

---

* https://www.hani.co.kr/arti/opinion/column/1042922.html

김지하 시인이 세상을 떠났다. 아니, 그는 영육일치를 믿는 일원론자였기 때문에 "떠났다"는 말은 옳지 않다. 김영일이라는 사람이 한울로 돌아갔다. 다다음날 윤석열 대통령이 취임했다. 박근혜 전 대통령에게 꾸벅 인사했다.

나는 김지하가 생각났다. 내가 기억하는 그의 첫 모습은 2012년 박근혜 후보 지지 선언이다. '오적'과 '타는 목마름'을 외치던 저항 시인이 이상해졌다고 치부했다. 고문 후유증 때문인가? 그래도 원수의 딸과 화해하는 장면은 인상 깊었다. 딱 그 정도였다. 나는 아직 그의 생명사상을 몰랐다.

문재인의 사람인 줄 알았던 윤석열이 배신했다고 한다. 진보진영 사람인 줄 알았던 김지하도 변절했다고 욕먹었다. 1991년 5월 5일 〈조선일보〉 칼럼 때문이다. "젊은 벗들! 역사에서 무엇을 배우는가." 경찰 폭력으로 대학생이 사망하자 당시 운동권은 연이어 분신자살했다. 60일 동안 13명이 죽었다. 김지하는 "죽음의 굿판 당장 걷어치워라"라고 경고했다. 한 개인의 생명이 정권보다 중요하며,

죽음이 아닌 삶이야말로 참된 운동의 출발이라고 썼다. 재야는 분개했다. 민주화의 상징이었던 그가 역적으로 몰렸다.

김지하는 세상을 둘로 보지 않았다. 하나로 봤다. 민주와 독재, 진보와 보수를 선과 악으로 나누지 않았다. 빛이 어둠을 정복하리라 믿지 않았다. "그보다 더 치명적인 것은 당신들의 그 기괴한 이원론이다. 당신들은 육체와 영혼의 분리를 인정하고 있다. 당신들의 결정적 파탄의 증거다. 묻겠다. 당신들의 신조는 종교인가? 유물주의인가?"

모든 죽음의 굿판은 이원론을 전제한다. 육체의 죽음을 정당화하려면 영혼의 분리를 믿어야 한다. 타자의 죽음을 정당화하려면 그들을 악마화해야 한다. 김지하는 감옥에서 생명사상을 싹틔웠다. 시멘트 틈으로 자라는 풀에서 자신을 보았다. 박정희를 용서하지는 않았지만, 그의 죽음을 듣고 "인생무상. 안녕히 가십쇼. 나도 곧 뒤따라갑니다" 하고 웃었다. 김지하의 저항은 투쟁이 아니다. 싸워서 이기는 게 아니다. 살고 살리는 것이다. "흰 그늘"로 비유되는 그의 세계관은 역설적인 통일이다. 빛과 어둠, 선악이 공존하는 한 생명으로서 살다 가는 길이다.

그래서 일찍이 「한살림선언」1989을 썼다. 「공산당선언」1848의 유물사관은 진보와 투쟁을 요구한다. 끝없는 피아식별, 이분법과 정반합을 낳는다. 죽음의 행진을 진보로 찬미한다. 서학의 뿌리 깊은 이원론 때문이다. 이에 반해 한살림은 동학의 일원론을 계승했다. 삶의 행진은 진보와 투쟁일 수 없다. 순환과 조화다. 그래서 생명운동은 진보도 보수도 아니다. 프랑스혁명에서 비롯된 좌파/우파의 이분법으로 재단할 수 없다. 모두가 한 우리, 한 살림이라는 자각이다.

오늘날 우리는 기후위기, 생명위기를 살고 있다. 김지하의 "젊은 벗들"이었던 86세대가 권력을 휘두른다. 나는 묻는다. 인류세의 지하地下는 누구인가? 비인간 존재다. 매년 700억명 넘게 도살되는 동물이다. 매일 150종 가까이 멸종되는 생물이다. 성장과 진보의 이름으로 파괴되는 자연이다. 그들에게 공정과 정의는 어디 있는가? 토착왜구와 종북좌파가 무슨 소용인가? 조국과 한동훈이 뭐가 다른가? 결국 다 지상의 인간끼리 편 가르고 죽이는 놀음이다.

죽음의 굿판은 별게 아니다. 영혼과 육체를 분리하듯이 사람과 자연을 분리하는 짓이다. 지하에 있는 생명을 말 그대로 지옥에 가두고, 사람만이 지상과 하늘을 노니는 것이다. 아직도 진보를 자처하는 어르신들께 나는 젊은 벗으로서 말씀드린다. 딱 내 나이만큼 오래된 김지하의 〈조선일보〉 칼럼을 한겨레에 옮긴다. "당신들 운동은 이제 끝이다!" 좌우와 선악을 초월하는 생명운동만이 한겨레, 한우리를 살린다.

● 정치·사회편 ──────────────────────────

제4부

지학순 주교 석방 행진에 선 김지하(지학순 주교 오른쪽 짧은 머리, 1975.02.19 사진: 경향신문사)

이후 나는 지하를 포함한 친구들과 자주 술자리를 함께한 기억
은 있지만, 술자리에서 무슨 대화가 오갔는지에 대한 정확한 기
억은 없다. 다만 검지손가락에 찍은 왕소금을 안주 삼아 막소주
를 사발 채로 들이키던 김지하 특유의 모습은 생생하다. 친구들
과 함께 당시 중구 인현동에 있던 우리 집에 자주 들러 잠자리
를 함께하다가 내 형님으로부터 푸대접을 받았던 장면도 눈에
선하다.

"구성지게 부르던
'부용산' 들려주고 싶구려"*

- 김지하를 보내며

이 부 영
자유언론실천재단 이사장

---

* 한겨레신문 2022.05.10. https://www.hani.co.kr/arti/society/obituary/1042335.html

김지하 시인이 떠났다. 함부로 입에 올리기를 삼가야 할 '김지하'가 떠났다. 내게 그의 추도사를 써달라고 요청이 오기까지 여러 곡절을 거쳤으리라. 써야 할 사람이 사양하는 일들 말이다. 내게는 그 요청이 오면 거절할 수 없는 지엄한 이유가 있다. 그의 오늘이 있도록 만든 원인 제공자였기 때문이다.

1975년 2월 15일 인권탄압과 독재정치로 위기에 몰린 박정희 정권이 김지하를 비롯한 정치범 200여 명을 석방했다. 무슨 배포로 대규모 은전을 베풀까, 의아했다. 그 뒤 3월 자유언론실천선언을 주도해 중앙정보부의 광고 탄압을 당하면서 국내외의 관심이 집중되었던 〈동아일보〉에 시대를 가름할 글이 실렸다. 김 시인의 장모이신 정릉 박경리 선생 댁으로 찾아가, 소주잔을 기울이면서 그에게 지난 1년 감옥에서 겪은 일을 써 보라고 권한 게 나였다. 그는 즉석에서 이야기하듯 글을 써주었고, 「고행-1974」 제목으로 3회에 걸쳐 연재했던 것이다.

김 시인은 옥중에서 '인민혁명당 재건위 사건' 사형수 하재완 씨로부터 "고문에 의한 허위자백으로 사건이 조작되었으며 창자가 터져 탈장 때문에 고통당하고 있다"는 처절한 사연을 통방을 통해 직접 전해 들었다. 인혁당 재건위 사건이 조작된 것이라면 그 사건 관련자들의 사주로 조직되었다는 '민청학련'도 마찬가지로 용공 조작되었다는 뜻이었다. 「고행-1974」의 고발은 그래서 시대를 가를 글이었다. 중앙정보부는 무기징역을 선고받았던 김지하의 형집행정지를 즉각 취소하고 다시 투옥시켰다.

1975년 3월에는 자유언론을 실천했던 〈동아일보〉와 〈조선일보〉의 기자들이 폭력배들에게 폭행당하면서 거리로 쫓겨나고 해고당했다. 내가 지금 '동아투위'의 일원으로 자유언론실천재단의 이사장을 맡게 된 연유이기도하다. 뒤이어 1975년 4월 9일 대법원 사형확정판결을 받은 인혁당 재건위 피고인 8명에 대해 판결 18시간 만에 교수형이 집행됐다.

그해 4월 1일부터 30일 사이에 남베트남은 공산화됐고 베트남전쟁은 종결됐다. 여의도 5·16 광장에서는 베트남 공산화를 규탄하고 민주화 요구를 억압하라는 100만인 반공궐기대회가 5월 내내 열렸다. 미국의 베트남 포기로 박정희가 되살아날 수 있었다.

「민족적 민주주의 장례식 격문」, 「오적」, 「비어」, 「타는 목마름으로」 등 반독재 민주화 열망을 온몸으로 드러낸 김지하의 전반기 서슬 푸른 투쟁은 「고행-1974」로 정점을 찍었다.

김지하 추모문화제 객석에 앉아 있는 이부영(빈 좌석 왼쪽)
(2022,6,25 천도교중앙대교당, 사진 장성하)

그리고 박정희가 죽을 때까지 그의 생명을 빼앗으려는 독재자와의 숨막히는 줄다리기가 계속되었다. 면회 금지, 책 안 넣어주기, 서신 집필 금지, 온갖 용공조작으로 그의 6년 가까운 징역살이는 피를 말리는 싸움의 연속이었다.

그 한 사람을 가두기 위해 그의 감방 양쪽의 20여 개를 모두 비우고 교도관을 2명씩 배치하여 서로 감시토록 했다.

하지만 전병용 교도관 등의 도움과 기지로 감옥 밖의 조영래 변호사와 함께 쓴 '김지하의 양심선언'은 1975년 7월 무사히 반출됐다. 이어 8월 일본에서 공표된 그의 양심선언은 반공법 올가미에 맞선 수많은 국내 민주화운동 세력의 지침서가 되었으며 국외 양심세력이 한국 민주주의를 응원하는 격문이 되었다.

민주화운동 시절에는 투쟁을 벌이다가 사형 혹은 무기징역을 선고 받은 전력이 있는 인사들은 또다시 전면에 나서지 않아도 묵인하는 불문율이 있었다. 그 불문율에 따라서 조용히 지내도 무방했을 김지하가 직진 돌파한 덕분에 박정희 정권의 인혁당 재건위 사건과 민청학련 사건에 대한 용공조작은 무력화됐다.

1975년 6월 나 역시 '긴급조치' 위반으로 수감되면서 우리는 잠깐 '서울구치소 동기'가 되기도 했다. 낡은 감옥 창틀 틈새로 풀씨가 날아와 싹이 돋았다. 밥을 창틀에 놓아주자 참새와 비둘기들이 때가 되면 찾아왔다. 길어지는 징역살이를 이어가는 동안 그는 자신의 전반 생애를 되돌아보게 되었을 것이다.

1980년 그는 마침내 네 번째 옥살이에서 풀려났지만 여전히 계속되는 군부독재, 분단으로 고통당하는 남북의 주민들, 영·호남의 지역 대립, 끈질긴 빈부격차 등을 고민해야 했다.

그러나 핵전쟁 위기와 동서 진영 대립 속에서도 냉전을 녹이는 힘찬 역사의 흐름은 도도했다. 드디어 독일 통일과 동유럽 체제 전환, 소련 해체는 김 시인의 철학적 영감을 채찍질했다. 기후변화와 생태파괴로 다가오는 절박한 인류의 위기까지 예감하면서 다시금 우리의 처지에 대해 고통스럽게 소리지르지 않을 수 없다고 생각했다. 아직도 낡은 틀에 갇혀 있는 현실에 다시 젊은 시절의 '직진 본능'이 되살아났다. 무엇보다 자기 몸처럼 아끼던 젊은이들이 분신하고 투신하여 목숨을 끊는 사태를 저지하지 않으면 '선배 노릇을 내던지는 짓'이라고 생각했다.

김지하와 함께 한반도의 해방과 민주, 생명평화를 꿈꿨던 분들은 부디 그의 명복을 빌어주시길 바란다. 가슴의 응어리가 있다면 푸시길 바란다. 떠나는 김 시인에게 그가 구성지게 부르던 노래 '부용산'을 들려주고 싶다.

> '부용산 오리길에 잔디만 푸르러 푸르러
> 솔밭 사이 사이로 회오리바람 타고
> 간다는 말 한마디 없이 너는 가고 말았구나
> 피어나지 못한 채 병든 장미는 시들어지고
> 부용산 봉우리엔 하늘만 푸르러 푸르러.'

김지하를 위한 변명

송 철 원
사)현대사기록연구원 이사장

고 김지하의 49재 날인 2022년 6월 25일 오후 3시, 서울 천도교 수운회관에서 해원상생을 위한 '고 김지하 시인 추모문화제'가 열렸다. '시인 김지하'가 아니라 '친구 지하'를 떠나보내는 마당에 감회가 새롭다. 그와 함께했던 옛 시절을 그리며 몇 자 적어 그가 저승 가는 길에 함께 띄워 보낸다.

1. 김지하는 어떻게 운동권에 뛰어들게 되었는가?

1.

내가 문리대 정치학과에 들어간 것은 1961년이었다. 바로 그해 서울대 미술대 소속이었던 미학과가 문리대로 넘어와 지하를 처음 보게 된다. 내 기억이 틀릴지는 몰라도 그의 초창기 모습은 넥타이 잡숫고 반짝반짝하는 구두 신고 연극한다며 껍죽대어 우리들의 눈

서울대 문리대에서 김지하와 함께 행동했던 친구와 후배들이 1963년 겨울 동숭동 교정에 모여 찍은 사진으로, 김도현(정치61,서울사대부고)이 촬영했다. 앞줄 왼쪽부터 이원재(사회61,경북고), 송재윤(정치62,남성고), 박삼옥(정치62,경북고), 안택수(정치62,경북고), 둘째 줄 왼쪽부터 성유보(정치61,경북고), 김영배(철학62,경북고), 박용환(정치62,경북고), 김중태(정치61,경북고), 김지하(미학59,중동고), 박재일(지리60,경북고), 뒷줄 왼쪽부터 조화유(사회61,부산고), 김유진(정치61,경북고), 백승진(사학62,경북고), 송진혁(정치61,경북고), 이수용(정치60,마산고), 배한룡(정치61,대전고), 최혜성(철학60,대광고)./괄호 안은 학과, 학번, 출신 고등학교

으로는 영락없는 '부르주아'였다. 한편 시끄러운 일에 항상 앞장서는 궁상맞고 꾀죄죄한 우리 정치학과 놈들의 모습은 인문학도人文學徒인 그의 눈에는 뭘 하는지도 모를 '거지'로 비쳤으리라.

지하는 1941년 전라남도 목포에서 태어났다. 자신이 쓴 기록에 의하면, 아버지 김맹모金孟摸 선생을 따라 원주로 와 그곳에서 중학을 졸업했고, 고등학교는 1차 시험에서 배재고에 떨어져 2차로 중동고에 진학하였다. 어린 시절의 꿈은 그림을 그리는 것이었으나 어머니의 반대가 심해, 차선책으로 1959년 미술대학 미학과에 들어가고 미학과가 문리대로 옮겨와 정치학과 놈들과 어울리게 되고…. 인연이란 것은 거슬러 보면 참으로 재미있는 대목이 많다.

지하의 정금성鄭琴星 어머님은 외아들에 대한 애정이 각별했다. 이따금 우리가 들르면 음식 솜씨 좋은 어머니가 정성스럽게 지어준 식사를 맛있게 먹던 기억이 난다. 그리고 잠시 뒤 이야기할 테지만 〈오적五賊〉으로 유명해진 자신의 귀한 아들을 저속한 주간잡지에 실리게 했다며 호되게 야단맞은 적도 있었다.

지하와 나를 굳게 엮어놓은 매개체는 역시 술이었다. 그나 나나 과장해서 말하면 강의실에 앉아있던 시간보다 술집에 앉아있던 시간이 더 많았으니 함께 퍼마시다 비몽사몽간에 막역지간莫逆之間의 친구가 되어버려 학번 따위를 팽개쳐버린 것이다. 술 마시다 나뿐만 아니라 김중태, 김도현 등 정치학과 동기들과도 친해져 그는 급기야 문리대 '칫솔부대'의 일원이 되어버린다.

2.

지하의 기록을 보면 그의 '행동'이 시작된 것은, 1962년 6월 8일 문리대에서 있었던 '한미행정협정 체결촉구 시위' 때부터였다. 그때 얘기를 들어보자.

나는 그날 시위대 속에 있었다. 동숭동 문리대 정문의 돌다리 위에서였다. 시위대 앞으로 중대 하나 정도의 군병력이 총에 착검을 하고 칼날을 수평으로 세워 들이대며 명령에 따라 일보 또 일보 다가들었다. 순간 화가 나서 총칼을 손으로 잡아 크게 다치는 학생도 있었다. 내 가슴 바로 앞에 들이댄 총칼을 보며 가슴 밑바닥에서 갑자기 들끓기 시작한 시뻘건 분노를 나는 어쩔 수가 없었다. 그 분노! 이것이 내 행동의 시작이었다.

며칠 후 나는 서울대 의과대학 구내에 있는 함춘원 숲속에서 당시 정치학과 학생으로서 시위를 조직했던 김중태를 만났다. 김중태는 웅변가였다.

"김형! 4·19는 5·16을 향해 반격을 시작해야 합니다. 4·19를 경험한 김형이 우리에게 필요합니다. 우리는 문화에서도 전선을 만들어야 합니다. 협조합시다. 우리는 전국 각 대학을 연합하고 야당이나 언론과 연대할 것입니다. 이번엔 상대가 미국이었지만 이제부터는 일본과 밀착해가고 있는 현 군부정권이 주적主敵입니다. 투쟁은 필사적인 것이 될 것입니다. 각오를 단단히 하십시오. 참여해주시겠지요?"

당시 《새세대》를 편집하고 있던 정치학과의 김도현과도 만났다. 그러나 나는 그때까지도 내 결단이나 행동의 약속을 일절 표현하지 않았다. 김지하, 『흰 그늘의 길 1』, 도서출판 학고재, 2003, 453, 454쪽 이후 나는 지하를 포함한 친구들과 자주 술자리를 함께한 기억은 있지만, 술자리에서 무슨 대화가 오갔는지에 대한 정확한 기억은 없다. 다만 검지손가락에 찍은 왕소금을 안주 삼아 막소주를 사발채로 들이키던 김지하 특유의 모습은 생생하다. 친구들과 함께 당시 중구 인현동에 있던 우리 집에 자주 들러 잠자리를 함께하다가 내 형님으로부터 푸대접을 받았던 장면도 눈에 선하다.

1963년 후반은 그와의 접촉이 뜸해져서 그의 움직임에 대해 기억나는 게 별로 없다. 나는 부친의 미국 유학 독촉에 따라 집에서 유학 준비에 몰두했기 때문이었다. 그때 지하는 어디 있었을까?

1963년 겨울.

그 겨울 나는 원주에서 꼼짝하지 않았다. 그 겨울, 나는 원주의 한 다방에서 시화전을 열었다. 현실과 몽상, 과거의 어두운 기억과 미래에의 판타지, 모더니즘적이거나 쉬르적인 것과 민족적이고 민요적인 것이, 국가의 현실에 대한 날카로운 비판과 의식의 황홀에 대한 깊은 집착이 두서없이 참으로 무질서하게 엇섞이고, 흑백적인 요소와 무지개적인 요소가 이리저리 엇갈리는 이른바 '혼허混虛'의 시화였다. 김지하, 『흰 그늘의 길 2』, 도서출판 학고재, 2003, 19쪽 여기까지가 주변의 상황에 따라 움직일 수밖에 없었던 그와 나의 한계였다. 젊은 시절 가장 중요하게 다가온 것은 '명분'이란 것이어서, 선천적인 예술가로 감수성이 예민하였던 김지하와 유학하여 선진 지식을 받아들이려 했던 나는 한계에 부딪히고 있었다. 그런 계기를 만든 것은 이듬해에 벌어진 한일회담 반대운동이었다.

3.

1964년 3월 24일, 이날 박정희 정권이 일본과 진행하던 "굴욕적" 한일회담에 대한 반대운동이 폭발했다. 이날의 지하 모습부터 보자.

'3·24 제국주의자 화형식'을 보고 있었다. 그날 나는 도서관 아래 숲속에 앉아 정문 안쪽에서 고장난 책상다리 등을 모아다 불 질러 일본 제국주의자의 허수아비를 태우는 동료들을 가만히 지켜보고 있었다.

김중태 형이 연설을 했다. 과연 그는 웅변가였다. 여기저기서 플래시가 터지고 불길이 사납게 솟아오르고 기자들은 연설 내용을 열심히 따라 적고 있었다. 학생들은 땅바닥에 앉아 흥분과 격정으로 샛노오래진 얼굴들을 하고 이마에는 흰 띠, 손에는 플

래카드를 들고 환호하고 있었다. 나는 처음부터 끝까지 지켜보
고 있었다. 김지하, 『흰 그늘의 길 2』, 도서출판 학고재, 2003, 29쪽 발췌

당시 지하와 나는 소극적이었다. 그에게는 개인적인 사정이 있었
고, 나는 유학 준비에 몰두하고 있어서였다. 이날 나는 후배인 이현
배_{사학과 63}로부터 연락을 받고 3·24 데모에 참여한 후 유학 준비를
계속하고 있었으나, 이를 포기해야 할 상황이 발생한다. 나와 아주
절친했던 선배가 중앙정보부원이 되어 학교에 나타나 설쳐대고 있
었던 것이다.

나는 '명분'을 따라야 했다. 즉시 중앙정보부가 문리대생을 대상
으로 하여 벌인 학원사찰 조사에 들어가, 1964년 4월 23일 '학원사
찰에 대한 성토대회'를 개최하여 이를 폭로했다. 이를 계기로 한일
회담을 졸속으로 마무리하려는 박정희 정권에 대한 저항운동에 본
격적으로 가담했고, 지하의 본격적 참여도 이 시기에 이루어진다.

그 저항운동은 당시 박정희가 내건 정치이념인 이른바 민족적 민
주주의를 장사지내어 그 허구성을 폭로, 비판하자는 것이었다. 이
에 따라 5월 20일 문리대 운동장에서 '민족적 민주주의 장례식'을
거행한 후 대규모 시위가 벌어졌다. 그러자 중앙정보부는 '민족적
민주주의 장례식'에서 조사弔辭를 낭독했던 나를 납치하여 심한 고
문을 가하여 엄청난 파문을 일으키게 된다.

다음은 '민족적 민주주의 장례식'에 대한 지하의 기록이다.

그 장례식 조사弔辭를 내가 쓰고, 그 책임과 발표·낭독 등은 정
치학과의 똘똘이 송철원이 맡았다. 송철원 형은 본디 경기고 출
신의 서울 토박이에 깍쟁이인데, 당시 중앙정보부의 비밀 학생
프락치 조직이었던 'YTP', 즉 '청년사상연구회'의 정체를 폭로해
세간을 놀라게 하고 곧 정보부에 붙들려가 손가락 사이를 담뱃
불로 마구 지지는 등의 고문을 받고 나와 또다시 그 사실을 언론
에 폭로한, 말하자면 정보부가 혀를 내두를 정도의 독종 중의 독
종이었다…. 박 정권을 아예 초장부터 시체요, 썩어가는 송장으
로 단정하여 일단 죽이고부터 들어갔으니, 이 노골성이 그들의
기분을 몹시 상하게 했다고 한다. 그러나 책임을 진 송철원 형이
체포가 안 되어서 내게는 그리 심각한 피해가 없었다. 김지하, 『흰 그
늘의 길 2』, 도서출판 학고재, 2003, 35, 36쪽

4.

'민족적 민주주의 장례식' 후 문리대 학생운동을 주도하던 정치학
과 동기 김중태, 현승일, 김도현 등이 전국에 지명수배되자, 이때부
터 지하는 문리대 학생운동의 전면에 나선다. 그때 안전하게 논의

할 수 있던 장소는 우리 집뿐이었다. 내가 고문당한 사실이 큰 파문을 일으키자 우리 집은 언론인, 변호사, 문병객들로 붐비고 있어서 정보부의 눈을 피할 수 있어서였다.

그날 저녁과 이튿날 오전까지 밤을 새우며 나는 송철원의 집에서 손정박·박영호·박지동 형과 모임을 가졌다. 제일선 리더십이었던 삼인조, 김중태·김도현·현승일 형이 동국대의 장장순 형 등과 함께 전국에 현상수배되어 몸을 감추었기 때문이었다. 제2선의 리더십이 일선으로 나오면서 구축되고 있었다.

우리는 장기적인 연좌단식농성 '시위'를 계획했다. 장소는 문리대 캠퍼스의 4·19 학생혁명기념탑 아래였고, 이번에는 김덕룡 형의 문리대 학생회를 끌어들이기로 하고 총책임을 손정박이 맡았다. 나는 농성 시 가장 중요하다는 '방송선전반'을 맡았다. 김지하, 『흰 그늘의 길 2』, 도서출판 학고재, 2003, 36, 37쪽 발췌

당시 문리대 학생회장이던 김덕룡은 다음과 같이 기록하고 있다.

나는 이대로 물러설 수 없다고 판단하고 김지하, 김정남 등과 함께 다음 단계의 투쟁 방법을 모색하였다. 누군가의 제의에 따라 대일굴욕외교반대 서울대투쟁위원회 소속 학생 40여 명은

4·19학생혁명기념탑 앞에서 무기한 단식농성에 들어가기로 결정하였다. 내가 선언문을 낭독하였고 김중태, 현승일 학우에 대한 무기정학 처분을 집중 성토한 후 무기한 단식에 들어갔다.

우리들의 단식 소식을 전해 들은 다른 학교 학생들이 속속 문리대로 몰려와 우리들을 격려해 주었다. 심지어 멀리 수원에서 걸어온 학생들도 있었다. 단식 닷새째를 맞은 6월 3일, 우리들은 지친 몸을 이끌고 교문을 나서 광화문 쪽으로 몰려나갔다. 다른 대학에서도 많은 학생들이 몰려나왔고, 시민들의 호응 또한 대단했다. 시위대는 단순히 한일회담 반대만이 아니라 박정희 정권의 하야까지도 요구하였다. 박정희 대통령은 그날 밤 9시 50분을 기해 서울 일원에 비상계엄령을 선포하고 전방에 있던 3개 사단의 군 병력을 서울 일원에 배치하였다. 이것이 이른바 '6·3 사태' 였다. 김덕룡, 『눈물을 닦아주는 남자』, 자유문학사, 1996, 117, 120쪽 발췌

1963년 6월 3일 계엄령이 선포되자 지하는 원주로 피신했다 체포되어 첫 감옥 체험을 하게 된다. 한편 중앙정보부는 '불꽃회 사건'이라는 것을 만들고 혈안이 되어 나를 잡으려 하였으나, 고마운 사람들의 헌신적인 도움으로 체포를 면한다.

2. 김지하는 어떻게 투사의 길에 들어섰는가?

1.

지하가 투사의 길에 본격적으로 들어서는 데 제1차적 계기는 내가 만들었다고 해도 과언이 아니다.

우리 6·3세대가 박정희 정권에 대해 투쟁을 벌인 기점이 된 것은 1964년의 3·24 시위였다. 그로부터 1년 후인 1965년 3월 초, 나는 문리대 학생회로부터 3·24 시위 1주년을 맞이하여 선언문과 격문檄文을 만들어 달라는 부탁을 받고, 김지하, 박재일, 최혜성과 함께 친구 집에 모여 문안 작성에 들어갔다. '3·24 제2선언' 초안은 김지하가, '격문' 초안은 내가 작성하여 함께 검토를 마친 후 인쇄까지 마쳤으나, 학생회로부터 3·24 행사가 취소되었다는 연락을 받고 보관본을 제외한 인쇄물 모두를 소각했었다.

여기서 '김지하'라는 이름이 생긴 경위부터 살펴보고 넘어가자. 지하의 본명은 '김영일金英一'이다. 어느 여름날 막소주에 왕소금을 안주로 거나해져 갈지자로 길을 걷고 있는데, 문득 '지하다방'이라는 간판이 '김영일'의 시야에 들어왔다. 그렇다! 지하地下! 레지스탕스! 그래서 흔한 본명 대신 갈 지之 자에 여름 하夏, '지하之夏'로 하기로 했는데, 그 후 어느 날부터인가 언론에서 '지하芝河'로 표기하는 바람에 그대로 굳어져 버린 것이다. 지하는 내가 생선 가시처럼 비쩍 말랐다고 하여 '가시'라는 별명을 붙여주었고, 내게 세상을 볼 줄 아는 눈이 있다는 뜻으로 '可視'라 표기했다.

아래 메모는 1965년 6월경 지하가 정치학과 동기 김정남과 함께 나를 만나러 집으로 찾아왔다가 부재중이어서 남긴 것이다. 이 메모에서 지하는 자신의 이름을 '지하之夏'의 '지之'로 표기하고 있고, 정치학과 동기인 김정남이 자신의 이름 '金正男'을 'Gold Right Man' 으로 표기한 것이 재미있다. 김정남은 지하가 투사의 길에 들어서자 은밀하지만 끈질기게 그를 돕게 된다.

다음은 이 메모의 내용을 옮겨 적은 것이다.

가시可視

왔다가 못 보고 간다. 관문출입關門出入이 허용되는 걸 보니, 전에 왔을 때 관문關門이 불허된 건 네가 집에 있었다는 증거——. 아무튼 효도해라. 가끔 전화하겠다. 내게 전화 정도는 허용해달라고 네 엄마께 부탁해라. 본인本人은 또 부평초浮萍草가 되는 갑다. 이제 갈 테다. 안녕. 지之

농구 구경 갔드나?
별로 할 말 없다. 하는 일 잘되고 네 몸만 좋아진다면 내사 안 좋나? 뒷날 전화할게. 육성이나 들려주렴. 간다. 잘 있거라.
Gold Right Man

당시 나는 유학 준비하라는 부친의 엄명에 따라 집에서 두문불출하고 있었고, 지하가 전에 나를 찾아왔을 때는 집에 있었지만 어머님이 따돌렸던 것 같다. 외롭던 그가 찾아왔는데 만나지 못하여 "부평초浮萍草"로 만든 것이 가슴 아프다.

몇 달 후 지하가 투사의 길에 들어서게 하는 데 결정적 역할을 한 사건이 일어난다. 앞에서 말한 바처럼 '3·24 제2선언' 인쇄물을 불태워버렸는데, 귀신이 곡할 노릇이었던 것은 이 인쇄물이 중앙정보부의 손에 들어간 것이다. 이 때문에 1965년 9월 중순 나와 박재일, 최혜성 등은 구속되고 지하는 전국에 지명 수배되기에 이른다. 다음이 이에 대한 지하의 이야기다.

> 나에 대한 수배가 전국에 내려졌다. 그리고 친척들 집과 친구들 집, '길'과 같은 나와 연관 있는 모든 곳, 모든 사람에 대한 조사와 호출, 타작이 시작되었다. 한번은 장위동 작은이모집 골방 캐비닛에 숨어 그 방까지 들이닥친 정보부원들의 눈을 잠깐 속이고 캐비닛을 **빠져나와 꽁무니 빠**지게 도망친 적도 있다. 김지하,
> 『흰 그늘의 길 2』, 도서출판 학고재, 2003, 94쪽

중앙정보부는 지하를 체포하기 위해 비열한 방법을 썼다. 그의 부모님을 잡아다가 베니어합판으로 칸을 막은 양쪽 방에 각각 넣고 아버지를 전기 고문하며 어머니에게, "아들 숨어 있는 곳을 대지 않으면 당신 남편이 죽는다"며 닦달하였다는 것이다. 이를 계기로 지하는 박정희 독재에 항거하는 투사의 길에 들어설 결심을 한다.

> 그날 밤, 나는 수유리에 숨어 있었다. 그때, 나를 지키기 위해 내 곁에 있던 정남, 한때 김영삼 정부에서 교육문화 수석비서관

을 한 그 김정남金正男이 시내에 갔다 와서 정보부가 내 어머니, 아버지를 잡아다 나 숨은 곳을 대라고 전기고문을 서너 차례나 한 끝에 아버지가 졸도하고 고혈압이 크게 터져 반병신이 돼버렸다는 얘기를 나직나직 들려주었다.

우리는 소주를 마셨다. 희뿌옇게 먼동이 터올 때 뒷산 의암 손병희 묘소 근처에서 밝아오는 동쪽을 바라보고 혼자 속으로 굳게 맹세했다.

'내 눈에 흙이 들어가기 전까지는 반드시 박정희를 무너뜨리겠다!' 김지하, 『흰 그늘의 길 2』, 도서출판 학고재, 2003, 94쪽

2.

지하는 '3·24 제2선언' 사건으로 도피하며 나에게 1965년 9월 2일자 엽서 한 통을 보냈다. "해변에서" 쓴 그 엽서의 내용은 이렇다.

가시可視!
폭염은 언제 가실른지?
허지만 하늘만은 푸르르군.
보고 싶다. 목마른 내 마음,
맨발로 뛰는 내 몸뚱이 전체가

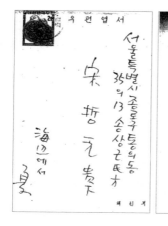

친구들의 이름으로 가득하다.

바다도 이젠 내게 아름답지 않구나.

그저 비정한 소음의 동혈同穴 같다.

둥그런 답싸리 푸르러러

더욱 눈물겨웁고

피 붉은 황톳길 따라

아! 이제 나는 떠난다.

바람이 되어.

　　　　2일 지하之夏

도망가며 쓴 편지가 한 편의 시!

지하는 천생 시인이었다. 마음이 가녀린 예술가였던 그에게 당시의 시대적 상황은 감당하기에 너무도 큰 고통을 주어 1968년 8월 문리대를 졸업할 즈음, 그는 심한 폐결핵 환자가 되어 있었다.

> 폐결핵 증세가 심해져 식은 땀을 줄줄 흘리고 해골처럼 마른 몸에 쿨룩쿨룩 끊임없이 기침을 하며 끈임없이 피가래를 뱉어냈다. 어떤 때는 기흉氣胸을 의심할 정도의 호흡장애도 왔다. 그러나 술을 끊을 수 없었고 이젠 술도 술이 아닌 아편이 돼버렸으니 독한 소주에 기껏해야 돌소금이나 사과 반쪽이 소주 한 병에 대한 안주의 전부였다. 김지하,『흰 그늘의 길 2』, 도서출판 학고재, 2003, 105쪽

생사의 고민 끝에 지하는 1967년 2월 결국 내 아버님의 주선으로 시립 서대문병원에 입원하여 1969년 6월 퇴원할 때까지 투병 생활을 계속한다.

> 이미 용산철도병원 원장으로 계시는 송철원 형의 아버님께서 요양원 입원을 주선해주시겠노라 약속했다. 그리고 농약도 이미 치사량을 마련해 호주머니에 들어 있었다. 결정만 내리면 되는 것이다…. 나는 며칠 뒤 서대문 역촌동 포수마을 저 안쪽 산

언덕에 있는 역촌동 서대문시립병원, 그러니까 폐결핵요양원에 푸른 환의患衣를 입고 입원했다. 김지하, 『흰 그늘의 길 2』, 도서출판 학고재, 2003, 112, 113쪽 발췌

3.

1970년, 지하는 "반드시 박정희를 무너뜨리겠다"고 한 결심을 실천에 옮기기 시작한다. 유명한 담시譚詩 〈오적五賊〉을 썼고, 〈오적〉이 『사상계』 5월 호와 야당 기관지 《민주전선》 6월 1일 자에 실려 구속되자 일약 저항의 아이콘으로 떠오른다.

그해 가을, 나는 지하처럼 술 좋아하는 친구들이 돈 없이도 실컷 마실 수 있는 곳을 만들어보려 했다. 이에 대해 내가 말한 내용을 보도한 〈동아일보〉부터 보자.

무교동에서 식당을 하던 경기고 선배가 운영이 신통치 않자 영업상담을 해 왔다. 그래서 내가 김지하에게 '우리 주변에 술 먹을 사람은 무지 많은데 돈은 없으니 유명해진 네가 얼굴마담을 하면 여럿이 공짜로 술도 실컷 먹고 운동 자금도 마련할 수 있지 않겠느냐'고 제안했다. 김지하도 쾌히 승낙했다. 우리는 선배의 식당을 술집으로 바꾸고 인테리어도 독특하게 꾸몄다. 구

들장으로 식탁을 만들고 대나무 통으로 술통을 삼고 내부를 동굴 분위기로 만든 뒤 술집 이름을 '석기시대'라 붙였다. 잡지《선데이서울》에 김지하 얼굴까지 실은 광고도 냈다. 모친이 '외아들을 함부로 돌린다'고 우리에게 욕을 바가지로 했던 기억이 난다. 어떻든 '석기시대'는 대박을 쳤다.

　장사가 잘되니까 주인이었던 선배의 태도가 달라졌다. 운동권 학생들에게는 돈을 안 받겠다고 해놓고 받질 않나, 이익금을 민주화 운동 자금으로 준다는 약속도 안 지켰다. 그래서 아예 다른 술집 주인과 동업을 하기로 하고 김지하와 함께 '레지스탕스'라는 간판을 내걸었다. 하지만 1년 만에 망했다.「허문명 기자가 쓰는 '김지하와 그의 시대」(22), <동아일보> 2013.5.8. A29면

여기서 부연해야 할 이야기가 있다. 먼저 지하의 어머니 정금성 여사에 관한 것으로, 자신의 외아들에 대한 무한한 긍지를 보여주는 대목이다.

무교동에 '석기시대' 문을 열 때, 주간잡지《선데이서울》에 '광고'를 냈다고 했지만 '광고'가 아니라 정식 '기사'였다. 자기 아들이 유명 인사가 되어 표정 관리를 해야 할 마당에 저속한? 주간잡지에 막걸릿집을 개업했다는 기사가 큼지막하게 났으니 화가 날 법도 했다. 정금성 여사가 "철원이 이놈 어디 갔냐?"며 나타나 혼쭐낸 적이

있었다.

다른 이야기는 '레지스탕스'가 망한 사유이다. 첫째, 주인이란 놈들이 매일 퍼마시니 장사가 될 수 있었겠는가? 어느 날은 아예 '금일휴업'이라는 방을 붙이고 막걸리 두 독을 다 퍼먹은 적도 있었다. 거기다 돈 없던 시절, 다른 데서 돈 내고 먹다 돈 떨어지면 몰려드는 곳이 '레지스탕스'였다.

어디 그뿐이었나? '레지스탕스'가 당시 운동권 집합소처럼 되어가자 정보부원들이 몰려들어 막걸리 한 주전자 시켜 놓고 밤새도록 감시의 눈초리를 번득이고 있었으니 매상이 오를 턱이 없었다. 급기야 명색이 주인이었던 내가 엉뚱한 사건에 말려들어 중앙정보부에 잡혀 들어가자 '레지스탕스'에서 손 떼지 않을 수 없게 되었다.

그러나 이 과정에서 큰 소득을 얻었으니, 당시 '여왕봉女王蜂'이라고 불리며 이름을 날리던 전옥숙全玉淑 여사를 알게 된 것이다. 영화감독 홍상수의 모친이기도 한 전 여사는 내로라하는 유명 인사들을 몰고 '레지스탕스'에 찾아와 연일 매상을 올리는가 하면, 오갈 데 없던 지하와 나를 거둬주기도 했다.

1971년 10월 15일, 교련 철폐 운동에서 비롯된 민주화 시위가 격화되자 박정희는 서울 일원에 위수령을 발동했다. 이때 지하와 나는 지명 수배되어 각각 강원도와 부산으로 피신했다. 수배가 해제되어 서울로 올라와 동가식서가숙하던 때 우리는 삼선교 전옥숙 여사 집 문간방에서 식객 노릇을 하며 신세 진 적이 있었다. 이듬해 봄까지 이어진 그와 나의 동거가 둘이서 밀접한 관계를 갖은 마지막 장면이었다.

3. 김지하는 어떻게 홀로 싸우다 지쳐버렸는가?

1.

지하의 외로운 싸움은 1972년부터 시작된다. 외로운 싸움이라니? 그가 함께 고민하며 싸우던 사람들을 보면, 강구철, 김민기, 김병곤, 김학민, 김효순, 나병식, 문국주, 서경석, 서상섭, 서중석, 안양로, 유인태, 유홍준, 이근성, 이철, 이현배, 임진택, 장기표, 전병용, 정문화, 정윤광, 조영래, 최열, 최정명, 황인성 등등 수없이 많았는데, 외롭다니 그게 말이 되는가?

내가 외롭다는 표현을 쓴 것은, 그와 함께 싸우다가 투옥되거나 도피한 사람들 가운데 동년배, 구체적으로 말하여 정치학과 61학번이 아무도 없었다는 뜻이다. 우리가 박정희와 본격적으로 싸우기 시작한 1964년 3·24 데모를 전후하여 그에게 결정적 영향을 미쳤던 친구 중 누구도 그와 '행동'을 함께하지 않았다는 말이다.

누구는 일찌감치 미국으로 가 버렸고, 나는 박정희와 전두환의 독재를 방관하지 않아 두 차례나 직장에서 쫓겨나는 등 여러 가지 피해를 당했지만 그와 '행동'을 함께하지는 않았다. 초창기부터 그에게 '행동'에 나서도록 '뽐뿌질'한 누구도 그의 곁에 없었다. 다만 정치학과의 김정남이 지하를 끝까지 헌신적으로 도왔지만, 그도 전면에 나서 '행동'을 함께할 수는 없었다.

어떤 의미에서 지하의 박정희에 대한 싸움은 외로울 수밖에 없기는 했다. 1970년의 「오적五賊」 사건 이후 '톱스타'로 부상하자 지하는 이를 싸움에 활용하기로 작정했고, 박정희 정권 역시 '톱스타'로 부상한 그를 타격의 중심에 두어 공안정국을 조성했기 때문이었다. 지하 자신의 이야기를 들어보자.

> 매스컴은 나를 단연 톱스타로 대접했고 나는 가는 곳마다 왕자였다. 심지어 택시 운전사니 찻집 주인마저 나를 알아보았다. 나는 '겸손'을 애써 지니려 했지만 나도 모르는 사이에 점차점차 '매스컴 중독'에 빠져들었다…. 명성을 도리어 이용하기로 작심했다. 명성을 민중운동의 전진, 특히 민족문화운동의 비약에 활용해야겠다고 마음먹었다. 김지하, 『흰 그늘의 길 2』, 도서출판 학고재, 2003, 171쪽

이후 지하는 문자 그대로 맹렬하게 싸웠다. 1972년, 가톨릭 기관

지 『창조』 4월호에 「비어誹語」를 발표하여 중앙정보부에 연행된 후 반공법 위반 혐의로 입건되었으나 폐결핵으로 기소유예 처분을 받고, 5월 31일부터 두 달간 마산의 국립결핵요양원에서 강제 입원 생활을 한다. 그해 10월 12일, 박정희가 이른바 10월 유신을 선포하여 본격적으로 폭압 통치에 들어가자 지하와의 대충돌을 예고했다.

1973년 4월 7일 지하는 소설가 박경리朴景利의 딸 김영주金玲珠와 결혼하여 안정을 찾은 듯했지만, 박정희에 대한 미움을 버린 것은 아니었다. 결혼 1년 후인 1974년 4월 23일, 박정희 정권은 지하를 민청학련사건의 배후 조종자로 지목하여 대흑산도에서 체포, 사형을 선고한다. 다음은 민청학련사건이 있기 전, 절두산 바로 아래 모래밭에서 '문화패의 아우들'에게 한 말이다.

나는 아무래도 감옥에 갈 것 같다. 그러나 너희들은 따라오지 말아라. 감옥에는 나 혼자 가는 것으로 만족해라. 너희들이 이제부터 할 일은 내가 하려다가 못 한 일, 하고 싶지만 성공시키지 못한 일을 하고 또 성공시키는 것이다. 그것은 민중민족문화운동이며 그 중에도 특히 탈춤이나 마당굿, 풍물 같은 연행예술이다….

우리 부모님 가끔 들여다봐 다오. 우리 집사람과 아기 부탁한다. 우리 아버지 가끔 술 좀 사드려 다오. 부디 내가 아끼던 것들

을 아껴다오. 사랑했던 사람들을 사랑해 다오. 너희들은 내 후
배라기보다 나의 친동생들이다. 부디 잘 있거라. 김지하,『흰 그늘의 길

2』, 도서출판 학고재, 2003, 336, 337쪽

2.

1974년 7월 13일, 비상보통군법회의 제1심 재판부는 민청학련사
건 핵심 관련자 32명에 대한 선고공판을 열고, 김지하, 이현배, 이
철, 유인태, 김병곤, 나병식, 여정남 등 7명에게 사형을 선고했다. 7
월 20일, 국방부장관은 판결 확인 과정에서 김지하를 비롯한 5인에
대해 무기징역으로 감형했다.

그리고 1975년 2월 15일, 민청학련사건 관련자 중 김지하를 비롯
한 148명이 '형집행정지' 처분으로 석방됐다. 지하는 2월 25일부터
27일까지 사흘간 〈동아일보〉에 옥중 수기 「고행苦行… 1974」를 연
재했다. 세 차례에 걸쳐 연재된 글 가운데 중요한 대목을 다시 살펴
보기로 하자.

정보부 6국의 저 기이한 빛깔의 방들. 악몽에서 막 깨어나 눈
부신 흰 벽을 바라봤을 때의 그 기이한 느낌을 언제나 느끼고 있
도록 만드는 저 음산하고 무뚝뚝한 빛깔의 방들. 그 어떤 감미로

운 추억도 빛 밝은 희망도 불가능하게 만드는 그 무서운 빛깔의 방들. 아득한 옛날 잔혹한 고문에 의해 입을 벌리고 죽은, 메마른 시체가 그대로 벽에 걸린 채 수백 년을 부패해 가고 있는 듯한 환각을 일으켜주는 그 소름 끼치는 빛깔의 방들…. 그 방들 속에 갇힌 채 우리는 열흘, 보름 그리고 한 달 동안을 내내 매 순간 순간마다 끝없이 몸부림치며 생사를 결단하고 있었다. 「고행(苦行)… 1974」(상), <동아일보> 1975.2.25. 1면

지하가 쓴 글에는 중앙정보부가 조작한 인민혁명당^{인혁당} 사건으로 사형당한 하재완河在完의 사연도 나온다.

재빛 하늘 나직이 비 뿌리는 어느 날, 누군가의 가래 끓는 목소리가 내 이름을 부르더군요. 나는 뺑기통^{감방 속의 변소}으로 들어가 창에 붙어 서서 나를 부르는 사람이 누구냐고 큰 소리로 물었죠. 목소리는 대답하더군요. "하재완입니더." "하재완이 누굽니까?" 하고 나는 물었죠. "인혁당입니더." 하고 목소리는 대답하더군요. "아항, 그래요?" 4상四上 15방에 있던 나와 4하四下 17방에 있던 하재완 씨 사이의 통-방通房, 재소자들이 창을 통해서 큰 소리로 교도관 몰래 대화하는 것이 시작되었죠. "인혁당 그것 진짜입니까?" 하고 나는 물었죠. "물론 가짜입니더." 하고 하 씨는 대답하더군요. "그

런데 왜 거기 갇혀 계슈?" 하고 나는 물었죠. "고문 때문이지러"
하고 하 씨는 대답하더군요. "고문을 많이 당했습니까?" 하고 나
는 물었죠. "말 마이소! 창자가 다 빠져나와 버리고 부서져 버리
고 엉망진창입디더" 하고 하 씨는 대답하더군요. "저런, 쯧쯧!"
하고 내가 혀를 차는데, "저그들도 나보고 정치문제니께로 쬐끔
만 참아달라고 합디더" 하고 하 씨는 덧붙이더군요. "아항, 그래
요!" 「고행(苦行)… 1974」(중), <동아일보> 1975.2.26. 3면

김병곤은 사형을 구형받자 "영광입니다!"로 최후진술을 시작한
다.

　사형이 구형되었다. 나도 웃었다. 김병곤의 최후진술이 시작
되었다. 첫마디가, "영광입니다!" 아아, 이게 무슨 말인가? 이게
무슨 말인가? "영광입니다!" 사형을 구형받자마자 "영광입니다"
가 도대체 무슨 말인가? 나는 엄청난 충격 속에 휘말려들기 시
작했다. 이게 도무지 무슨 말인가? 분명히 사형은 죽인다는 말
이다….
　그러면 무슨 말인가? 그렇다. 확실히 그렇다. 우리는 드디어
죽음을 이긴 것이다. 그 지옥의 나날, 피투성이로 몸부림치며 순
간순간을 내내 죽음과 싸워 드디어 그것의 공포를 이겨내 버린

것이다⋯. 우리 모두가 집단적으로 이긴 것이다⋯. 죽음을 받아들임으로써 죽음을 이겼고, 죽음을 스스로 선택함으로써 우리들 이 집단의 영생을 얻은 것이다. 「고행(苦行)⋯ 1974」(중), <동아일보> 1975.2.26. 3면

지하는 1975년 2월 15일 석방됐을 때의 속마음을 너무도 솔직하게 표현했다. 게다가 박정희를 "꾀 많은 마귀"라 하였으니, 감옥에로의 조속한 복귀는 불문가지였다.

오늘 나는 옥문을 나온 작은, 피 묻은 손가락이다. 그 길고 긴, 넋과 육신이 함께 해방되는 그날에의 기다림이 꾀 많은 마귀의 간지奸智에 의해 장난질 당하고 그 장난 덕으로 옥문 밖에 내동댕이쳐진 잘린 손가락이다. 껍질이다. 넋 잃은 육신일 뿐이다. 내 넋, 그토록 일치된 내 넋은 어디에 있나? ⋯

가자! 내 넋을 찾으러 가자! 가서 옥문을 열고 내 넋을 해방시키자! 해방시켜 울며 부둥켜안자! 일치一致하자! 일치一致하자! 통일하자! 통일하자!

내 넋을 만날 때까지 내 육신은 싸우리라. 그것이 매질 아래 산산조각이 나 흩어져 저 바람결에 사라져 없어져 버릴 때까지. 「고행(苦行)⋯ 1974」(하), <동아일보> 1975.2.27. 3면

3월 3일, 지하는 민주회복국민회의 대변인을 맡아달라는 부탁을 함세웅 신부로부터 받고 이를 수락했다. 이날 밤 언론자유를 부르짖으며 동아일보사 2층에서 농성 중인 동아투위 사람들과 당시 광화문에 있던 국제극장 뒷골목의 한 여관에서 〈조선일보〉 투위 리더들을 만나 격려했다. 지하의 이런 일련의 행동을 "꾀 많은 마귀"가 그대로 보고만 있었을까?

3.

1975년 3월 13일 아침 지하는 경찰에 연행되어 그날 밤 중앙정보부 제7국으로 인계된다. 그곳에서 여러 날 잠 안 재우며 하는 심문을 받는다.

나는 사흘째 못 자고 있다. 극도로 지쳐 입안이 다 헤어지고 입술이 부르텄다. 잠이 들면 깨우고 잠이 들면 또 깨우고. 눈을 뜨면 눈알 빠진 아버지의 환영!

취조는 계속되었다. 밤낮으로 계속되었다. '양파 까기'다. 거의 똑같은 질문이 끝없이 반복되다가 대답이 전과 조금치라도 다르면, 바로 그 다른 지점부터 파고들어 다시 시작하는 것이다. 3차, 4차, 5차 조서로 거듭되면서 이전 조서는 차례차례로 파기

된다. 조금씩 조금씩 자기들의 주장을 내 대답을 통해 관철시키면서 끝없이 끝없이 손가락에 인주를 발라 조서에 지장을 찍는 과정이 일주일 동안 잠을 안 재우고 계속되었다.

결국은 피로감의 절정에 이르러서 잠을 재워준다는 조건으로 '가톨릭에 침투한 공산주의자'라는 그들의 주장에 반쯤 동의하는 형식으로 어물어물 취조가 끝났다. (제7국) 그 지하실에서 벗어나 서대문으로 이송되는 차 속에서 느낀 해방감! 지하실에서 감옥으로의 이동에 불과한데도 그처럼 화안한 해방감을 느꼈으니, 참으로 인간의 자유란 무엇이며, 억압과 파시즘이란 또 무엇인가?김지하, 『흰 그늘의 길 2』, 도서출판 학고재, 2003, 393, 396쪽 발췌

1976년 12월 14일 검찰은 이미 선고받은 무기징역에 더하여 징역 10년, 자격정지 10년을 추가로 구형했고, 12월 31일 재판부는 반공법 위반 혐의를 인정해 징역 7년, 자격정지 7년을 추가로 판결했다. 그러니 지하의 총 형량은 '무기징역+7년'이 되었는데, 문제는 형량이 아니라 "꾀 많은 마귀"가 지하를 감시카메라가 설치된 독방에 가두어 놓고 항복을 받아내려는 술책을 부린 데 있었다.

어느 날 대낮에 갑자기 네 벽이 좁혀 들어오고 천장이 자꾸 내려오며 가슴이 꽉 막힌 듯 답답해서 꽥 소리 지르고 싶은 심한

충동에 사로잡혔다. 아무리 고개를 흔들어봐도 허벅지를 꼬집어봐도 마찬가지였다. 몸부림, 몸부림을 치고 싶은 것이었다. 큰일이었다.

내 등 뒤 위쪽에는 텔레비전 모니터가 붙어 있어 중앙정보부와 보안과에서 나의 일거수일투족을 스물네 시간 내내 다 지켜보고 있으니, 조금만 이상한 행동이나 못 견디겠다는 흉내라도 냈다 하면 곧바로 득달같이 달려와 꼬드겼다.

"김 선생! 이제 그만하고 나가시지! 각서 하나만 쓰면 되는 걸 뭘 그리 고집일까?"

그럴 수는 없는 일이었다. 참으로 이런 경우를 두고 '뜨거운 양철지붕 위의 고양이'라고 부르는 것이겠다. 그나마 천만다행인 것은 그 증세가 네댓새 간격을 두고 주기적으로 온다는 것이었다. 김지하, 『흰 그늘의 길 2』, 도서출판 학고재, 2003, 430, 431쪽 발췌

그렇게 5년 9개월이라는 길고 긴 세월이 흘러갔다. 지학순 주교의 충고도 있고 해서 '각서'를 쓰고 마침내 칼을 내렸다. 1980년 12월 12일 석방되어 육체의 자유는 되찾았지만, 긴 시간에 걸친 번민은 정신에 이미 깊은 생채기를 남기고 있었다.

4.

   5년 9개월 만에 감옥에서 석방되긴 했지만, 그가 나온 시기가 전두환 시대의 개막과 일치한다는 점에 주목할 필요가 있다. 젊은 시절부터 자신을 '부평초浮萍草'라고 여긴 지하가 더욱 술에 의존하게 되는 요인을 여기서 찾을 수 있는 것이다. 지하 자신의 기록을 통해, 술로 인해 정신병원에 입원하기까지의 정신상태를 살펴보기로 하자.

   출옥한 날부터 나는 잠을 잘 자지 못했다. 도리어 감시가 강화되어서다. 한밤 우리집 건너 공터에는 항상 검은 지프차가 한 대 머물고 있었다. 내가 가는 곳이면 어디서나 정보부 원주 분실에 정보를 전하는 안테나들이 있고 다방, 술집, 성당과 사회개발 위원회 사무실에도 각기 자기 나름의 독특한 정보 창구가 있어서, 몇 시 몇 분에 김아무개가 박아무개와 어디서 만나 무얼 했다는 정보가 싸그리 전달되었으니,… 가족과 친구를 만나고 술을 마실 수 있는 것 이외에 석방의 뜻을 어디서 찾을 수 있는 것일까? 김지하, 『흰 그늘의 길 3』, 도서출판 학고재, 2003, 39, 40쪽 발췌

   처음과 끝을 알 수 없는 번뇌가 그 무렵에 나를 사로잡고 놓지

않았다. 밤은 밤대로 끝없는 착종錯綜과 불면의 밤이었고, 낮은 낮대로 공연히 들뜨는 환상과 흥분의 나날이었다. 눈만 뜨면 어디선가 나를 부르는 것같이 좌불안석. 오라는 곳도 많고 갈 곳도 많은 그런 날들이었다. 때론 소음이 음성으로 바뀌어 들리기도 하고, 때론 대낮 천장 위에서 핏빛 댓이파리들이 무서운 춤을 보기도 했다. 번뇌였다. 김지하, 『흰 그늘의 길 3』, 도서출판 학고재, 2003, 55쪽

누구던가 서울에서 손님이 와서, 누구던가 서울에서 거절할 수 없는 손님이 와서 술을 많이 마시고 그 뒤로 사흘 동안 아무것도 먹지 못하고 물만 마시고 누워 있었다. 이불을 덮고 누워 있는데 이불 위로 같기도 하고 옷 위로 같기도 하고 맨살 위로 같기도 하고 날카로운 고양이 발톱 같은 것이 몇 차례 할퀴고 지나간다. 환촉幻觸이겠는데 환촉인 줄 모르고 그저 이상하기만 했다. 김지하, 『흰 그늘의 길 3』, 도서출판 학고재, 2003, 187쪽

'알코올 중독에 의한 정신 황폐증'이라?
내 병의 최초의 근원은 유년기의 사랑 결핍과 욕구 불만이었고, 최근의 원인은 과도한 알코올 중독인 것으로 구체화되었다,
사랑 결핍! 사랑 결핍! 나도 안다. 그러나 말하고 싶진 않다. 다만 혼자서 그것을 극복할 수밖에 없는 것이다.

이 세상에 의지할 사람은 아내밖에 없었다. 그 아내가 나를 만나는 날, 그날은 온종일 기쁨에 차 있었고, 그 아내가 없을 때는 밤새 마음속으로 울었다. 나는 어린애로 돌아가 있었다. 김지하, 『흰 그늘의 길 3』, 도서출판 학고재, 2003, 201쪽

4. 지하를 우리 품에 다시 끌어안자!

내가 지하를 마지막 본 것은 2010년 11월 5일 원주에서였다. 친구 최동전을 통해 보고 싶다는 연락이 급히 와서 오랜만에 그를 만나러 간 것이다. 처음에는 왜 별안간 만나자는지에 대해 다소 이상하게도 느꼈지만, 내가 누구인가? 무얼 볼 줄 안다며 그가 '가시可視'라는 별명을 붙인 그의 친구 아닌가? 원주에 가보니 지하 부부가 건강하고 행복해 보여 기분이 좋았다. 그 후 지하가 타계할 때까지 그를 만나지 않았다.

왜 나는 그를 만나지 않았을까? 이에 대한 해답은 다음과 같은 김동춘의 글에서 찾을 수 있다.

70~80년대는 참으로 험악한 시대였고, 90년대 이후 민주화가 되었다고 하지만 소수의 잘나가는 운동권 출신 외에 대다수 과

2010년 11월 5일 원주 토지문화관에서.
오른쪽부터 김지하의 처 김영주, 김지하, 최동전, 송철원

거 운동세력은 여전히 힘겹게 살아간다. 김지하를 고문했던 세
력은 과거의 운동권 명사들을 끌어들임으로써 여유와 아량을
과시하지만, 여전히 날을 세워야 하는 운동세력은 민주화 이후
지난 20여 년 동안 자기편의 약간의 차이를 참지 못하고 거친 공
격을 해댔고, 결국 상처를 안은 수많은 동료를 적의 품으로 쫓아
냈다.

 가버린 그에 대한 안타까움이나 비난만큼이나, 그가 죽도
록 고생하고 출옥했을 때 그를 따뜻하게 품어주지 못한 운동세
력의 좁은 품이 한탄스럽다. 그리고 늙어서도 존경받을 수 있

는 인물 한 사람 제대로 만들어내지 못하는 우리의 척박한 정치현실을 한탄한다. 민주화운동의 정신적·사상적 기반이 이렇게 취약했던가 되돌아보게 된다. 김동춘, 「김지하의 변신 혹은 변절」, <한겨레>, 2012.12.3.

독재 권력이 지하에게 입힌 피해를 되돌아보자.

지하가 부인 김영주金玲珠와 결혼한 것이 1973년 4월 7일이었고, 1년이 지난 1974년 4월 23일 민청학련사건으로 체포되어 사형 선고를 받는다. 이후 무기징역으로 감형되어, 1975년 2월 15일 형집행정지 처분으로 석방되었으나 그해 3월 13일 중앙정보부에 다시 연행되어 잠을 안 재우는 등의 잔혹한 심문을 받는다. 1976년 12월 31일 징역 7년을 선고받아 지하의 총 형량은 기존의 무기징역에다가 7년이 추가된다. 이후 감시카메라가 설치된 독방에서 복역하여 정신적 피폐를 겪다가 5년 9개월만인 1980년 12월 12일 석방된 것이다.

이 긴 기간 동안 지하가 형언할 수 없는 정신적, 육체적 고난을 겪고 있을 때 나는 그에게 무슨 도움을 주었는가? 사악한 언론이 지하를 품에 품고 장난질을 하고 있을 때 비난과 냉소를 보낸 것 외에 내가 한 일은 무엇이었는가? 왜 나는 지하가 독재권력에 의해 심신에 큰 상처를 입었다는 사실을 알면서도, 주변에 알려 적극적 대책을 세우려 하지 않았는가?

아! 그랬었구나! 우리네 품은 차갑고도 좁았었구나! 지하가 상처를 입고 마음속으로 절규할 때, 우리가 비난하고 방관하여 결국 그가 사악한 품에 안기게 하였구나!

이제 지하의 영혼을 해방시키자. 우리 품을 넓히고 따뜻이 하여, 그를 사악한 품에서 떼어내자. 지하의 영혼을 해방시키자! 그리하여 지하가 우리의 마음속에서 영원히 훨훨 날게 하자! 꼭 그렇게 하자!

시인 김지하와의 52년

미야타 마리에
《중앙공론》 발간 문예지 〈우미[海]〉 전 편집인

번역

히라이 히사시
경남대 북한연구원 연구원

문 공 진
제주 거주, 재일동포

시인 김지하 씨와 이별을 하기 위해서, 저는 서울에 왔습니다. 깊은 회한을 품고 김지하 씨가 없는 서울에 왔습니다.

긴 침묵을 계속한 채 홀로 세상을 떠나 버린 시인! 왜 그랬는지 묻는 것조차 불가능한 현실이 나를 움츠려 꼼짝 못하게 합니다. 발길이 무거운 '서울길'이었습니다.

제가 한국을 방문할 때마다 깨닫게 되는 이 나라에 대한 사랑, 여기에서 사는 사람들에 대한 사랑은 김지하 씨의 작품을 통해서 내 몸 속에서 태어난 것입니다. 김지하 씨와 나의 관계는, 시종 말과 함께 있었습니다.

중앙공론사中央公論社의 편집자였던 내가 1970년 6월, 편집실 한구석에서 읽던『주간 아사히週刊朝日』에 한국의 시인 김지하의 장편 풍자시「오적」전문이 게재되어 있었고, 나는 처음으로 읽는 김지하 작품의 압도적인 말의 힘에 매료되었습니다. 분노와 비웃음, 홍소哄笑의 화살이 부정과 부패에 빠진 통치자를 찌르는 엄청난 파괴력을 지닌 말의 무리가 있었습니다.

은유의 적확성, 뿜어져 나오는 웃음이 두드러지고 예리한 풍자가 전편을 채웠으며, 읽은 후에는 맑은 비애의 감정이 남았습니다. 시인 김지하의 '천재天才'를 느낀 순간이었습니다.

　「오적」 한 편으로 독재정권을 뒤흔든 김지하가 '반공법' 위반으로 중앙정보부에 체포 연행되었으며, 같은 해 12월에 간행된 처녀시집 『황토』도 발매금지 처분을 받았다는 사실을 알고 한국에서 출판할 수 없다면 일본에서 김지하의 작품을 편집 출판하자고, 나는 무모하게도 결심한 것입니다.

　지금 생각하면, 그것은 내 운명을 바꿀 정도의 도약이었습니다. 일본에서 출판해 세계에 김지하의 이름을 알려주지 않으면 한국이 낳은 희유稀有의 시인과 그 작품은 박정희 독재정권 아래 어둠으로 묻혀 버릴 거라는 두려움이 있었습니다. 시인 김지하의 재능이 나를 움직였던 것입니다.

　사람을 통해 김지하 씨와 접촉을 하고, 1년 반 후인 1971년 12월, 일본에서 최초의 책 『긴 어둠의 끝에』가 중앙공론사에서 출판되었습니다. 「황토」, 「오적」 외에 김지하 작품을 망라해, 그동안의 시인의 행보가 전해지는 한권이 되었습니다.

　김지하 씨로부터 편지와 자화상이 오고, 시인이 그림 그리는 재능도 있다는 것을 알게 되었습니다. 펜으로 그려진 그 정연하고 젊은 자화상이 지금은 나를 슬프게 합니다.

김지하 추모문화제에서 시인의 영전에 술을 올리는 미야타 마리에
(2022.6.25 천도교중앙대교당, 사진 장성하)

책은 예상 이상의 반향을 불러와, 김지하의 이름은 조금씩 일본 속으로 침투하게 됩니다. 하지만 평온한 날들은 시인과는 인연이 없는 것 같았습니다. 다음해 1972년 5월, 김지하가 잡지 『창조』에 풍자시 「비어蜚語」를 발표하고 다시 체포되었습니다. '세계에 김지하의 이름을 전파하는 출판 활동만으로는 충분하지 않다. 그를 지키기 위한 구호운동이 필요하다.'고 나는 통감했습니다.

그래서 나는 일본의 문학자 십수명에게 『긴 어둠의 끝에』를 보내, 위기에 있는 한국의 시인 김지하를 돕기 위한 협력을 해 달라고 호소했습니다. 그 결과, 나의 호소를 들어준 사람은 오다 마코토 씨

혼자였습니다. 오다 씨와 둘이서 초안을 만들고, '김지하 구원 국제 위원회'를 발족시킨 것이 1972년 6월이었습니다.

김지하는 폐결핵 악화를 이유로 마산국립병원에 강제입원되어 있었고, 한국에 입국이 거부된 오다 씨와 나를 대신해, 그해 6월 말부터 7월에 걸쳐 쓰루미 슌스케鶴見俊輔 씨가 연금 상태의 시인과 면회하기 위해 마산을 방문하여 김지하와 쓰루미 씨와의 강한 인연이 생겼습니다.

그로부터 수년간의 숨 막히는 전개는, 사라지지 않는 악몽으로서 내 속에 남아 있습니다.

최대의 위기는 1974년이었습니다. 4월 3일, '민청학련' 사건이 일어나 치안 당국은 '민청학련' 관계자 34명의 체포를 발표했습니다. 지명수배된 김지하는 '반공법' 위반 혐의로 피신하던 중 전라남도 흑산도에서 체포되어, 7월 9일 비상군법회의에서 사형을 구형받고 13일 사형 판결을 받았습니다. 일본에서는 사형 구형 다음날인 10일에, '김지하 구원 국제위원회'를 발전시킨 '김지하 등을 돕는 모임'을 발족시켜, 세계에 구원을 호소했습니다.

'김지하를 죽이지 말아라! 석방하라!'라는, 한국 대통령에 보내는 서명의 호소는 세계 각지에 확대되었습니다. 일본에서는 오오에 겐자부로大江健三郎, 엔도 슈사쿠遠藤周作, 마쓰모도 세이조松本清張, 시바다쇼柴田翔, 다니가와 타로谷川俊太郎 등 많은 사람들이, 해외에서는 사르트르, 보브와르, 마르쿠제, 하워드 진, 노암 촘스키, 에드윈 라이샤워 등 수많은 저명인이 서명했습니다. 수많은 집회, 서명 활동, 한국에서의 재판 방청, 단식투쟁 등의 운동에 의해, 김지하 구호운동은 한국 민주화투쟁에 연동해 나갑니다.

한국정부는 국제적인 항의에 굴복하고 사형은 무기징역으로 감형되지만, 김지하가 '형 집행정지' 처분에 의해 석방된 것은 1980년 12월 12일이었습니다.

1974년 이후의 김지하 씨의 수난은 널리 알려져 있지만, 그 수난의 내실이 정확하게 알려져 있는지는 의문입니다. 그렇지 않다면 시인의 고독한 죽음은 생각할 수 없습니다.

"죽기 전에는 꼭 결별의 말 한 줄은 남기고 가자"라고 시의 말미에 적은 김지하는, 무음으로 모습을 지워 버렸습니다. 남겨진 자들에게 끝나지 않은 것을 짊어지게 하고.

나는 구명운동과 더불어 1975년 12월에 『불귀不歸』를, 1978년 9월에 『고행苦行』이라는 김지하 작품을 편집 간행했습니다. 『불귀』에는 열세劣勢의 싸움의 끝, 지하地下 잠행潛行하는 젊은 김지하가 적어둔 시편 외에 「옥중 체험기」도 들어 있고, 영혼의 해방을 기록한 명작 『고행-1974』 등, 그 시점에서 모아진 작품 여러 가지가 수록됐습니다.

도망가는 절망의 날에, 혹은 사로잡힌 옥중에서 태어난 시들은,

절절한 슬픔에 파묻혀 있으면서도, 한 줄기 빛을 요구하며 흔들리
고 있었습니다.

어디 있느냐
날 맞던 불빛 아련한 그 처마 밑
부산스러이 신발 끄을던 소리
이제는 어디 있느냐

낯익은 신작로가
흙내 정다운 이 비오는 밤에
어디서 애틋했던 그 마음
이제는 굳어 사정없이 돌이 되느냐

어렵고 지리한 먼 길을 돌아
지친 마음이 동네 어귀에 첫발을 디딜 때의 서러움이여

그토록 괴롭히던 초라한 그림자도
이제는 떠나가고 없는 밤

울어라

맹꽁이야 나를 울어라 실컷 울어

구름 낮게 흐르는 저 어둑한 고개를 다시 넘어

빈 들녘 끝없이 헤메어 갈 나를 미친 듯이 울어라

마주할 얼굴도

내밀 손길도 이제는 없는

옛날엔 애틋했던 호롱불 밑의 그 둥근 미소여

이제는 어디서 굳어 사정없이

돌이 되느나

돌이 되느냐.(「비 오는 밤」)

새벽 두 시는 어중간한 시간

잠들 수도 얼굴에 찬 물질을 할 수도

책을 읽을 수도 없다

공상을 하기는 너무 지치고

일어나 서성거리기엔 너무 겸연쩍다

무엇을 먹기엔 이웃이 미안하고

무엇을 중얼거리기엔 내 스스로에게

너무 부끄럽다. 가만 있을 수도 없다

아무것도 할 수 없다
새벽 두 시다
어중간한 시간
이 시대다 (「새벽 두 시」)

눈이 내린다
술을 마신다
마른 가물치 위에 떨어진
눈물을 씹는다
숨이 지나온 모든 길
두려워하던 내 몸짓 내 가슴의
모든 탄식들을 씹는다
혼자다
마지막 가장자리
바늘로도 못 메꿀 틈 사이의 거리
아아 벗들
나는 혼자다 (「바다에서」)

또 언젠가, 이것도 『불귀』에 수록되어 있는 시 「서대전역西大田驛」에 대해 제가 "이 시를 좋아하고, 한번 서대전역에 내리고 싶다"고 편지로 써 보냈더니, "그것 참 좋다. 서대전역에도 목포에도 가자"라고 하는 시인의 전언이 도착했습니다.

지하에 잠행하고 도망갈 때에도 향하는 곳은 남쪽.

고향 땅을 목표로 하는 시인의 영혼이 너무 슬픕니다.

민주화가 달성되었다고 게을러진 많은 사람들이 김지하의 처절한 맨손의 싸움, 고난의 도주의 날들을 상상해 주었으면 합니다. 민주주의는 갑자기 하늘에서 떨어진 것이 아닙니다.

사전처럼 두툼한 한 권, 『고행』은 옥중 및 법정에서의 시인의 투쟁의 모든 기록입니다. 책 띠에 나는 이렇게 썼습니다. "1974년 4월의 체포부터 10개월 후의 석방. 그 한 달 후의 재체포에서 1976년 12월의 '최후진술'까지, 약 2년 반 동안의 쓰고 말한 모든 내용이 여기에 있다."

그 엄청난 기록은 언제나처럼 여러가지 방법으로 나에게 전달된 것이었습니다. '옥중 메모'에 대해서 나는 "여기에 있는 대부분은 김지하가 '민청학련' 사건으로 무기형을 받고 영등포 교도소에 복역하던 1974년 11월경부터 석방되는 1975년 2월 사이에 쓰여진 것으로 추정된다"라고 썼습니다. 단기간에 쓰여진 구상 메모는 작은 문자로 빽빽하게 쓰여 있고, 내밀한 번역 작업은 너무 어려웠습니다. 내 앞으로 온 접힌 종잇조각을 앞에 두면 언제나 피로가 멀리 날아갈 정도의 긴장을 느꼈던 기억이 남아 있습니다.

힘없는 나를 의지해야 하는 김지하 씨의 외로움을 생각하면, 아무리 힘들어도 그의 신뢰에 응하고 싶어서 노력했습니다. 다른 출판 작업도 당연히 있었고 저의 30대는 고난의 연속이었습니다. 그래도 시인의 글에 감응할 수 있는 자신을 발견해서 용기를 가졌습니다.

사상을 심판하는 '반공법 위반' 사건 재판에서의 시인의 투쟁 기록은 지금도 나의 가슴을 뜨겁게 합니다. 그 명민함, 뛰어난 사고 능력을 발휘하여 때로는 유머마저 섞은 김지하 씨의 법정에서의 싸움은 압권이었습니다. 오랫동안 김지하 씨를 비웃어 온 '민주주의' 자들은 읽어 주셔야 할 문건입니다.

특히 '최후진술'에서 놀라운 김지하 씨의 말에는 빨려들어갈 정도입니다. 「오적」 이래 이처럼 정연하면서도 웃음으로 정권을 우롱한 적은 없었을 것입니다.

특히 징역 10년에 자격정지 10년의 구형은 나에게 영광입니다. 지금 살고 있는 종신형을 다 마치고 죽은 후 다시 부활해서 10년의 징역을 한번 더 살라는 의미로 이해하고, 감사에 감사를 금치 못하겠습니다.

그 뒤에 이어지는 진술은 확 바뀌어 장중하고 막힘이 없는, 김지하의 사상의 깊은 부분을 전하는, 뛰어난 문학적인 것이었습니다. 김지하라는 사람의 뛰어난 언어 능력을 인정할 수밖에 없는 역사적인 진술이라고 생각합니다.

1980년 5월에 일어난 민주화 투쟁에 있어서의 최대의 비극, 광주민주화운동에 대해서 교도관으로부터 사태의 경위를 들었던 김지하 씨는 잠 못 이루는 밤들을 보내는 가운데, 현행의 정치투쟁의 이념으로는 사회의 모순을 해결할 수 없다고 생각하기에 이릅니다. 무엇보다 인간 정신의 해방이 필요하다는 인식입니다.

김지하 씨가 석방된 것은 그로부터 7개월 후, 한국 전역에 패배감이 감도는 시기였습니다. 민주화 운동은 정체되고 고립되어 전투를 첨예화하는 그룹도 생겨났습니다. 격화된 민주화 투쟁의 현장은 1974년과 같은 과격한 선동을 김지하에게 요구하면서, 침묵하는 김지하 씨에게 이따금 '전향자' '변절자'라는 꼬리표를 붙였습니다.

장기간의 옥중생활은 김지하 씨의 정신과 육체를 해치고, 폐소공포증이 원인인 병으로 시인은 고통 받고 있었습니다만, 6년의 공백을 메우듯 1982년 6월에는 시집 『타는 목마름으로』를, 12월에는 『대설 남』 제1권을 발표했습니다. 두 권의 책은 즉시 발매금지. 당시 문예지 『우미[海]』의 편집장이었던 저는 1983년의 『우미』 4월호에 '발매금지의 최신작'으로 「대설 남」을 게재했습니다. 그리고 김지하 씨의 구명운동에 진력한 쓰루미 슌스케 씨와 오오에 겐자부로 씨에게 '『대설남』을 읽는다'라는 대담을 시도했습니다.

'편집 후기'에 저는 "그동안 그에 대한 보도의 대부분은 김지하 씨의 전향을 암시하는 것이었습니다"라고 명기했습니다. 그것이 얼마나 피상적인 이해인지에 대해서도.

자신의 내부에 깊게 침잠했던 김지하 씨는 1991년 5월 노태우 정권에 항의해 분신자살하는 젊은이가 속출하는 것을 우려해 〈조선일보〉에 '죽음의 굿판 걷어치워라'라는 제목으로 글을 썼습니다. '비폭력의 저항'인 자살을 신성화하는 경향에 대해 김지하 씨는 젊은 생명을 사랑한 나머지 쓰라린 고통의 말을 던졌습니다. 운동가들과 젊은이들은 충격을 받고, '죽은 자에 대한 모독', '김지하의 변절', '김지하의 전향', '김지하는 죽었다'고 규탄하는 풍조가 민주화 운동 속에, 한국사회에 퍼져 나갔다고 생각합니다.

그 편향된 김지하 관점에 괴로운 마음을 안고 〈동아일보〉 1991년 3월 7일~6월 20일에 게재된 작품이 회상기 「모로 누운 돌부처」입니다. 내가 『우미』 다음에 편집한 『중앙공론 문예특집』 1994년 봄호에서는 번역을 히라이 히사시 씨에게 의뢰해 게재했습니다. 원고를 읽으면서 여기에 김지하를 만든 토양, 지하수가 있다고 느꼈습니다. "인간 정신의 해방"은 생명사상으로 이어지는 것이겠지요.

'일본의 독자에게'에서 김지하 씨는 "나의 생애를 관철하는 어둠과 우울은 어릴 때부터 시작되어 그것은 반도의 역사의 반영이기도 했다."고 했습니다. 김지하 씨 49세의 6월로 끝나는 이 회상기는 음영陰影을 깊게 하고 있습니다. 히라이 씨의 번역은 제 상상 이상의 뛰어난 것이었습니다.

회상기「모로 누운 돌부처」는 비참과 아름다움이 교차하고 몽환夢幻과 현실이 뒤섞이는 유년기의 기억을 그린 "세계의 문학"이라고 할 수 있지 않을까요?

새로운 세기가 됐을 무렵, 김지하 씨가 병으로 입원했다는 것을 알게 된 나는 걱정이 되어 편지를 썼습니다. 그것에 대한 회신이 나의 손에 있습니다.

'우주의 끝까지 함께 '흰 그늘'을 안고 가는 것이 우리 두 사람의 운명이다'라는 나의 말을 잊지 않고 계신 것을 확인하고, 무한히 내 마음이 넓어지는 것을 절절하게 느끼고 있습니다.

나는 당신의 말대로 무리를 해서, 4, 5개월 정도 입원요양하고 며칠 전에 집에 돌아왔습니다.

급했던 마음도 안정되어, 끝없이 먼 길을 서서히 나아가겠다고 결단하고, 당신이 말하는 것처럼 시인 김지하, 미학자로 복귀하는 것을 중심으로 하고자 합니다.

나의 지난 30년 동안 당신의 사랑과 우정을 과분하게 받고 성

장한 것, 그리고 지금도 사랑받고 있는 것을 알고, 멋진 행복에
잠겨 있습니다.

마리에 님!

- 2009년 6월 29일 한국 일산에서 지하 배拜

시인의 편지는 모두 시인만 쓸 수 있는 편지였습니다. 마음이 너
무 넘쳐서 그것을 모두 받았는지 불안해집니다. 그렇게 부드러운
마음을 보내 주었는데, 왜 나는 그때 '"실망하고 우려하고 있습니
다"라고 써 보낸 것일까?'라고 자신을 나무라던 9년간이었습니다.

마지막으로 보낸 긴 편지의 날짜는 2020년 7월 8일.

내가 2013년 1월에 보낸 편지는 제 진실한 생각이었습니다.
박근혜를 지지하는 시인의 행동을 훌륭하다고 쓸 수 없었습니
다. '실망하고, 우려하고 있습니다'라는 말은 시인과의 긴 세월
속에 생겨난 나의 성의였습니다. 나의 시인 김지하 씨에 대한 존
경과 사랑이 담긴 말이었습니다….

그 편지가 김지하 씨 손에 들어갔는지는 알 수 없습니다. 어떻든
나는 마지막 날까지 후회하며 살겠지요. 상냥한 누나로 시인의 모
든 행위를 받아들이는 게 좋았는지, 나는 끊임없이 괴로워했습니

다. 그러나 그렇게는 할 수 없었을 것입니다. 내가 그렇게 생각하지 않기 때문입니다. 무엇이 김지하 씨를 거기까지 몰아넣었을까요?

한국에서 심포지엄 등에 참석할 때 사람들의 반응에 불안을 느낀 경험이 있었습니다. 문학 관계자도 "김지하… 과거의 사람이지?"라고 하는 반응을 하는 사람이 적지 않았습니다.

과거라고 해도, 70년대는 고작 반세기 전입니다. 잊혀져도 좋을 정도의 옛날은 아닐 것입니다.

때때로, 김지하 씨와의 악수를 기억합니다. 너무 강한 악수. 그 때마다 시인의 타고난 외로움을 느꼈습니다. 그것은 「모로 누운 돌부처」에서 회상되는 소년의, 누구에게서도 구할 수 없는 고독과 겹쳐서 나에게는 보입니다.

잊어버리기 쉬운 사람들을 위해, 내가 알게 된 김지하 시인 상像을 지금이라도 쓰기 시작해야겠다는 생각이 듭니다.

詩人、金芝河との五十二年

宮田毬栄

　詩人金芝河(김지하)氏にお別れをするために、私はソウルに来ました。深い海恨の思いを抱いて、金芝河氏のいないソウルに来たのです。

　長い沈黙をつづけたまま独り逝ってしまった詩人。なぜなのですか、と問いかけることさえ不可能な現実が私を辣ませます。足どり重い"서울길"でした。

　私が韓国を訪れるたびに自覚するこの国への愛、そこに生きる人びとへの愛は、金芝河氏の作品を通して私のなかに生まれたものです。金芝河氏と私の関わりは、終始、言葉と共にありました。

　中央公論社の編集者であった私が一九七〇年六月、編集室の片隅で手にした「週刊朝日」に、韓国の詩人、金芝河の長編風刺詩「五賊」全文が掲載されていて、私は初めて読む金芝河作品の圧倒的な言葉の力に魅了されました。怒りと皮肉と哄笑の矢が不正と腐敗にまみれた支配層に突きささる、すさまじい破壊力を秘めた言葉の群れがありました。

　比喩の的確さ、弾けた可笑しさが際立ち、鋭利な風刺が全編をみたすのに、読後には澄んだ悲哀の感情が残りました。詩人金芝河の"天才"を感じた瞬間でした。

「五賊」一篇によって独裁政権を震撼させた金芝河が「反共法」違反で中央情報部に逮捕連行され、さらに、同じ年の十二月に刊行された処女詩集『黄土』も発禁処分を受けたという事実がありました。韓国で出版できないならば、日本で金芝河の作品を編集出版しよう、と私は無謀にも決意したのです。後から考えれば、それは私の運命を変えるほどの跳躍だったでしょう。日本で出版し、世界に金芝河の名前を知らせなければ、韓国が生んだ稀有の詩人とその作品は、朴正煕独裁政権のもと、闇から闇へ葬られてしまう怖れがありました。詩人金芝河の才能が私を動かしたのです。

　人を介して金芝河氏との接触を計り、一年半後の七一年十二月、日本での最初の本『長い暗闇の彼方に』は中央公論社から出版されました。『黄土』、「五賊」の他、金芝河作品を網羅し、それまでの詩人の歩みが伝わる一冊になっています。

　金芝河氏からは手紙と自画像が届き、詩人が絵を描く才にも恵まれているのを知るのです。ペンで描かれたその精悍で若々しい自画像が今は私を悲しませます。

　本は予想以上の反響を呼び、金芝河の名前は少しずつ日本のなかに浸透しつつありました。けれども、平穏な日々は詩人とは無縁のようでした。翌七二年五月、金芝河が雑誌「創造」に風刺詩「蜚語」を発表し、再び逮捕される事態となりました。世界に金芝河の名前を広める出版活動だけでは十分ではない。彼を守るための救援運動が必要なのだと私は痛感しました。

　そこで、私は日本の文学者十数人に『長い暗闇の彼方に』を送り、危機にある韓国の詩人金芝河を助けるための協力をしてほしいと呼びかけました。その結果、私の願いに応じてくれたのは小田実氏ひとりだったのです。小田さんと二人

で草案を作り、「金芝河救援国際委員会」を発足させたのは七二年六月でした。

金芝河は肺結核の悪化を理由に馬山国立病院に強制入院させられていましたが、韓国に入国を拒否された小田さんと私に代わって、六月末から七月にかけて鶴見俊輔さんらが軟禁状態の詩人と面会するために馬山を訪れ、金芝河と鶴見さんとの強い絆が生まれました。

それから数年間の息づまる展開は、消えない悪夢として私のなかに残っています。

最大の危機は七四年にやってきます。四月三日、「民青学連」事件が起き、治安当局は「民青学連」関係者三十四名の逮捕を発表、指名手配された金芝河は、「反共法」違反容疑により二十五日、逃亡中の全羅南道黒山島で逮捕され、七月九日、非常軍法会議において死刑を求刑され、十三日、死刑の判決を受けます。日本では死刑求刑の翌十日に「金芝河救援国際委員会」を発展させた「金芝河らを助ける会」を発足させ、世界に救援を呼びかけました。

「金芝河を殺すな! 釈放せよ!」という韓国大統領に送る署名の訴えは世界中に届き、日本では、大江健三郎、遠藤周作、松本清張、柴田翔、谷川俊太郎ほかの多くの人びとが、海外ではサルトル、ボーヴォワール、マルクーゼ、ハワード・ジン、ノーム・チョムスキー、エドウィン・ライシャワーほかの多数の著名人が署名しています。数々の集会、署名活動、韓国での裁判の傍聴、ハンガーストライキなどの運動により、金芝河救援運動は韓国民主化闘争に連動していきます。国際的な抗議に屈し、二十三日、死刑は無期懲役に減刑されますが、金芝河が「刑の執行停止処分」により釈放されるのは、一九八〇年十二月十二日でした。

七四年以降の金芝河の受難は現実のこととして世に知られていますけれど、受難の内実が正確に理解されていたかどうかは疑問です。そうでなければ、金

芝河氏の孤独の死は考えられないのです。「死ぬ前には、きっと決別の言葉の一行は遺していこう」（『涯』）と詩の末尾に記した金芝河は、無音のまま姿を消してしまいました。残された者たちに果てしない「涯」を背負わせて。

　私は救援運動と並行して七五年十二月に『不帰』を、七八年九月に『苦行』と題する金芝河作品を編集刊行しています。『不帰』には劣勢の闘いの果て、地下潜行する若き金芝河が書き留めた詩篇のほか、獄中の体験記であり、魂の解放の時を記す名作「苦行――一九七四年」など、その時点で集められた作品の数々を収録しています。

　当てもなく逃げていく絶望の日に、あるいは囚われの獄中で生まれた詩の数々は、切実な悲しみに被われながら、一筋の光を求めて揺れています。

　「険しく果てしない／長い道のりをたどり／疲れて村の入口に差しかかったときの／心の悲しみよ」（『雨降る夜』）。「何もすることができない／明け方二時なのだ／あいまいな時間／この時代だ」（『明け方二時』）。「雪は降る／酒を飲む／干し魚の上にこぼれた／涙をかみしめる／潜み過ぎてきたすべての道／怖れていた振舞いやわが胸の／あらゆる嘆息（なげき）をかみしめる／ひとりぼっちだ／逃れるすべはないのか／ピンも潜りぬけられぬ狭い路／ああ友よ／私はひとりぼっちだ」（『海にて』）。「私は疲れ果てて真っ黒く／お前はやつれて真っ白だ友よ／広い平野をめざした／あの朝の、そうだ／われら、あの朝の尖兵だったときの／旗であったときの／汚れた黒っぽい作業服を着て笑いながら飲んだ／ソウル駅での／あの一杯／お前の瞳のなかでは／稲穂がなみうち／私の掌のなかでは黄土が暖かかった友よ／そのとき、われらは二十歳だった、生きていたのだ／いま、われらは三十歳となった／いまわれらは生きているのか」（『あの朝の酒盃』）。この詩に関して、詩人は私に宛てた手紙でこう書いている。（金芝河氏は右の詩を初めのタイトル「三十歳」と呼んでいた。）「忘れま

せん。東京のあるホテルのロビーで示された「三十歳」という詩に対するあなたの愛を。」(一九九九年十一月二十九日付)。

また、ある時、これも『不帰』に収録している「西大田駅」の一シーン、「群衆の雑踏のなかで/ぼんやりと立ちつくす私の胸をつらぬき/汽笛が鳴る/匕首のごとく私を刺してくる何者かの血走った目/なにごとも起こらぬのだ」。

「西大田駅」について「この詩が好きで、一度西大田駅に下車してみたい」と書き送ったところ、「それは嬉しい。西大田駅にも木浦にも行きましょう」という詩人の伝言が届きました。

地下に潜行し逃れ行く時にも、向かうのは南、故郷の地をめざす詩人の魂が切なすぎます。

民主化は達成された、と慢心する多くの人びとに金芝河たちの初々しい素手の闘い、苦難の逃走の日々を想像して欲しいと思います。民主主義は不意に空から落ちて来たわけではないのです。

辞典のように部厚い一冊、『苦行』は獄中および法廷における詩人の闘いの全記録です。本の帯に私はこう書いています。「七四年四月の逮捕から、十か月後の釈放。その一カ月後の再逮捕から七六年十二月の「最終陳述」まで、約二年半の間に書かれ、語られたものの全内容がここにある。」

その厖大な記録は従来どおり、さまざまな形で私に届けられたものです。

「獄中メモ」について私は「これらのほとんどは、金芝河が『民青学連』事件によって無期刑に決まり、永登浦教導所に服役していた一九七四年十一月頃から、釈放される一九七五年二月の間に書かれたものと推定される」と書いています。短期間に記した構想メモは小さな文字がびっしり並び、内密の訳出作業は困難をきわめました。私に宛てて書く折りたたまれた紙片を前にすると、いつも疲れ

が遠のいて行くほどの緊張を覚えました。非力な私ひとりを頼らなければならない金芝河氏の心細さを思えば、どんなに無理を重ねても、彼の信頼に応えたいと努力しました。他の出版作業も当然あり、私の三十代は苦難の連続でした。それでも、詩人の文章に感応できる自分を発見しては、勇気を持ちました。

思想を裁く「反共法違反」事件裁判での詩人の闘いの記録は、現在も私の胸を熱くさせます。その明敏さ、並はずれた思考能力をフル回転させ、時にユーモアさえ交えた金芝河氏の法廷での闘いは圧巻です。長い間金芝河氏を嘲笑してきた「民主主義」者たちには、読んでいただかなければなりません。

とりわけ、「最終陳述」における凄みを含んだ金芝河氏の言葉には引き込まれます。このように理路整然としながら、時に「五賊」由来の笑いで政権を愚弄した例は他にあるのでしょうか。

「特に、懲役一〇年に、資格停止一〇年の求刑は、私には光栄であります。いま務めている終身刑をみな終えて、死んだ後再び復活して一〇年の懲役をもう一度務めよという意味に理解して、いっそう感謝に堪えません。」

それに続く陳述の言葉は一転して荘重で淀みなく、金芝河の思想の深部を伝える、すぐれて文学的なものです。金芝河という人間の突出した言語能力を認めるしかない歴史的な陳述であると思います。

一九八〇年五月に起きた民主化闘争における最大の悲劇、光州事件。教導官から事件の経緯を聞いた金芝河氏は、眠れない夜々を過ごすなか、現行の政治闘争の理念では社会の矛盾は解決しえないと考えるに至ります。何よりも人間の精神の解放が必要なのだという認識です。

金芝河氏が釈放されるのは、それから七か月後、韓国全土に徒労感が漂う時期でした。民主化運動は停滞し、孤立し、戦闘を先鋭化するグループも生ま

れました。激化した民主化闘争の現場は、七四年と同じ過激な扇動者を金芝河に求め、沈黙する金芝河氏に短絡的に「転向者」「変節者」のレッテルが貼られたのです。

　長期の獄中生活は金芝河氏の精神と肉体を傷つけ、閉所恐怖症が原因の病いに詩人は苦しんでいましたが、六年の空白を埋めるがごとく、八二年六月、詩集『灼けつく喉の渇き』を、十二月には『大説 南』第一巻を発表しています。二冊の本は即発禁。当時、文芸誌『海』の編集長であった私は、翌八三年の『海』四月号に「発禁の最新作」として「大説 南」を掲載しています。そして、金芝河氏の救援運動にも尽力された鶴見俊輔氏と大江健三郎氏に「『大説 南』を読む」という対談を試みていただきました。

　「編集後記」に私は「この間、彼についてなされた報道のほとんどが、金芝河氏の転向を暗示するものでした」と明記しています。それがいかに皮相な理解であるかについても。

　自己の内部に深く沈潜する金芝河氏は九一年五月五日、盧泰愚政権に抗議して焼身自殺する若者が続出しているのを憂えて、『朝鮮日報』に「死の礼讃はやめよ！」という文章を書いています。「非暴力の抵抗」である自死を神聖化する傾向に対して、金芝河氏は若い生命を愛するあまり、痛苦の言葉を投げたのです。運動家たち、若者たちは打撃をうけ「死者への冒涜」「金芝河の変質」「金芝河の転向」「金芝河は死んだ」と糾弾する風潮が民主化運動のなかに、韓国社会に広がって行ったと思われます。

　その偏った金芝河観に苦い思いを抱きつつ『東亜日報』(九一年三月七日〜六月二十日)に掲載した作品が回想記『横臥する石仏』です。私が『海』の次に編集した『中央公論文芸特集』(九四年春季号)では翻訳を平井久志氏に依頼し、掲載してい

ます。原稿を読みながら、ここに金芝河を創った土壌、地下水がある、と感じました。「人間の精神の解放」は生命思想につながるものでしょう。「日本の読者へ」として金芝河が記した「私の生涯を貫く暗さと憂鬱は幼い時から始まり、それは半島の歴史の反映でもあった」によって、金芝河九歳の六月で終わる回想記は陰翳を深くしています。平井氏の翻訳は私の想像以上にすぐれていました。

回想記『横臥する石仏』は悲惨と美しさが交錯し、夢幻と現実がまざりあう幼年期の記憶を描いて、世界の文学と言えるのではないでしょうか。

新しい世紀に入った頃、金芝河氏が病気で入院されたと知った私は、心配になって手紙を書いています。それへの返信が手元にありました。

「宇宙の彼方まで、ともに『白い翳り』を抱いていくことが私たち二人の運命だ、という私の言葉を忘れないでおられることを確認し、無限へと私の心が広がっていくのを切々と感じています。

私はあなたのお言葉通りに無理をし、四、五か月程入院加療し、数日前に家に戻りました。急いていた心も安定し、果てしなく遠い道を徐々に進もうと決断し、あなたが言われるように、詩人、金芝河、美学者に復帰することを中心としようと思います。

私の去りし三十年の間、あなたの愛と友情を過分に被り成長したこと、そして今も愛されていることを知り、すがすがしい幸福に浸っています。

毬栄様

二〇〇九年六月二九日 韓国一山にて 芝河拝」

詩人の手紙はどれも詩人にしか書けない手紙でした。心が溢れすぎていて、すべてを受け取れたかどうか不安になります。あれほど、柔らかな心を寄せてく

ださったのに、なぜ私はあの時だけ「失望して、憂いのなかにいます」と書いて
送ってしまったのだろう、と自分を責めつづける九年間でした。

　最後にお送りした長い手紙の日付は二〇二〇年七月八日。

　「私が二〇一三年一月にお送りした手紙は私の真実の思いでした。『朴植恵を
支持する詩人の行動を素晴らしい』とは書けませんでした。『失望し憂いのなか
にいます』は、詩人との長い歳月から生まれた私の誠意でした。私の詩人、김지
하氏への尊敬と愛が込められた言葉でした…」

　金芝河氏の手にその手紙が渡ったのかどうかは知り得ません。ですから、私
は終わりの日まで後悔を背負って行くでしょう。優しい누나として詩人の行為す
べてを受け入れていればよかったのかどうか、私はたえず苦しんできました。し
かし、それは出来なかったでしょう。私がそう思わないからです。何が金芝河氏
をそこまで追い詰めたのでしょう。韓国でのシンポジウムなどに出席する時、人
びとの反応に不安を覚えた経験はありました。文学関係者も「金芝河… 過去の
人でしょう?」といった反応をする人が少なくなかったのです。

　過去と言っても、七〇年代はたかが半世紀前です。忘れられてよいほどの昔
ではないはずです。

　時々、金芝河氏の握手を思い出します。強すぎる握手。その度に、詩人の本
然の寂しさを感じました。それは『横臥する石仏』で回想される少年の、だれに
も救えない孤独と重なって私には見えます。

　忘れっぽい人びとのために、私は私の知り得た金芝河詩人像をこれから書か
なければ、と考えはじめています。

● 추모시 ─────────────────────────────

제5부

시집 『화개』를 펴냈을 즈음의 김지하(2006.06.02 사진: 경향신문 제공)

사람들의 가슴을 겨눠 칼날이여! 어린 시인의 손에 들리어 별빛
에도 떨리는 예민한 붓잡이의 손에 들리어 꽃잎 피는 소리에도
떨리는 평생 시를 쓰고 평생 난을 치며 구성진 노래가락에 어깨
춤 덩실추며 가슴 따뜻한 사람들에 들리어 사람들의 눈물에 떨
리는 바람마저 가르게 파랗게 벼른 날로 죽임을 겨누는…

지하 형님 還元 49일에
해월신사께 한 줄 祝을 올립니다

김 사 인
시 인

지하 형님 還元 49일에 해월신사께 한 줄 祝을 올립니다

2022 임인년 양력 5월 8일
사람 하나 건너갔습니다
흰 그늘의 길 따라
검은 산 흰 방 모퉁이 돌아
아수라 80년
기가 다하여
더는 못 견뎌 몸을 놓았습니다

이쁘기만 했겠습니까
심술궂고 미운데도 적지않은 사람입니다
제 잘난 것 감당 못해
삼동네 떠나가도록 주리틀다 간 사람입니다
그릇이 크니 소리도 컸겠지요
나라 잃고 나라 갈리고 겨레끼리 죽이고 죽는
한반도 백오십년의 기우는 운수를

제 몸 갈아넣어 받치고자 했습니다

예수이고자 했습니다

예레미아이고자 했습니다

황야의 隱修者이고자 했습니다

전봉준 김개남 손화중이고자 했습니다

마오이고자 했습니다 게바라이고자 했습니다

그리고 그 안 깊은 곳에서

착한 아낙과 어린 두 아이 함께

어둑한 저녁 밥상에 이마를 맞대는

작은 家長의 겸손한 평화를

간절히 열망했던 사람입니다.

최선을 다한 사람입니다

미주알이 내려앉도록

천령개 백회혈자리가 터지도록

용을 써 버틴 사람입니다

버그러지는 세상 온몸으로 받치려고

등짝은 벗겨지고

종아리 허벅지 힘줄들 다 터졌습니다

그 노릇이도록 운명에 떠밀린 사람입니다.

스스로의 선택이자

한반도의 기구한 팔자가

점찍은 사람이었습니다.

그의 소신공양으로

우리는 한 시대를 건넜습니다.

무섭기도 했겠지요.

이 잔을 제발 거두어달라고

몸서리쳐 울부짖기도 했던 사람입니다.

컴컴한 '탑골'에서 '운당여관'에서,

해남에서 쪼그리고 앉아

깡소주에 자신을 절이지 않고는

못 견디던 이입니다.

동맥을 긋기도 했던 사람입니다.

모실 侍 자 侍天主를 마음에 품고,

事人如天

사람을 하늘로 섬기라고 늘 외던 이인데,

그만큼 낮아지지 못하는 자신이

야속하던 사람입니다.

我相을 끝내 벗지 못한 사람,

그러나 그런 자기를

몹시도 괴로워했던 사람입니다.

오기는 다락같이 높고,

말은 때로 짓궂고 드세셨지만,

속은 섬세하고 여려,

많은 벗과 아우들 사랑하고 따랐습니다.

사람 대함에 마치 어린이가 하듯 하라고,

마치 꽃이 피듯 모습을 가지라고 하신

가르침待人之時如少兒樣常如花開之形이 미더워,

저희들의 형님 이 사람을

선생께 부탁드립니다.

온갖 독에 시달려

심신 모두 제 모습을 잃은 채 갔습니다.

돌보아 주소서.

그곳대로 또 할 일 끝없겠지만,

먼저 간 그의 아내와 함께

잠시나마 쉴 수 있게 해주소서.

가위눌리지 않는 순한 잠을

단 몇 날이라도

그 곁에서 잘 수 있게 해주소서.

더도 말고 목포 변두리 초등학교
반장노릇에도 덜덜 떨던,
그 숫기없고 맑고
돛단배 잘 그리던 소년을
부디 찾아주소서.
외람된 부탁 송구합니다.
상향.

흰 그늘 너머

홍 일 선
시인·여강농인

흰 그늘 너머

가문 날

밭 한 가운데

온갖 풀꽃들 그 생령들

희디 흰 빛이

흰 그늘 너머 그 눈빛이

노여움 너머 슬픔 너머

오래된 자비로 향하는

처음 있던 자리로 돌아가는

천지부모 속으로 환원하옵는

오늘 단기 4355년 6월 25일 사십구재

지하… 두 자 결코 아니오

아니오 김지하…결단코 석 자 아니오

불이! 거듭 不二!

그리하여 성속이 헝크러진 대혼원의 시간

흰 그늘 너머

온갖 생령들의 불연기연不然其然들

사무치는 시詩요

그리운 시侍요

칼날이여

이 청 산

시인 · 전 민예총 이사장

칼날이여

칼날이여!
석회질로 굳어가는 폐로
거친 호흡을 토하며
밤새 삼도천三途川을 헤매여
뜨지지 않는 눈
소주를 사발째 목구멍에 털어넣고
번쩍 눈이 터지면
일월을 회롱하는 용천검으로
사람살이를 통째로 삼키는
다섯 도적의 목을 겨눠

칼날이여!
시詩를 잃어버려
목이 갈라지고
소리가 감금당해

심장이 터지고

붓질이 꺾여

칠흑같은 세상

발길마저 묶여

엉덩이가 문드러져

여기가 사람사는 곳인지

사람이 죽어 닿는 명계冥界인지

천길 걸어 제자리

환상방황을 하는

외침을 잃어버린

사람들의 가슴을 겨눠

칼날이여!

여린 시인의 손에 들리어

별빛에도 떨리는

예민한 붓잽이의 손에 들리어

꽃잎 피는 소리에도 떨리는

평생 시를 쓰고

평생 난을 치며

구성진 노래가락에

어깨춤 덩실추며

가슴 따뜻한 사람들에 들리어

사람들의 눈물에 떨리는

바람마저 가르게

파랗게 벼른 날로

죽임을 겨누는

칼날이여!

음험한 시절의 생명의 소리

타는 목마름을 넘어

죽음의 굿판을 뒤엎은

척분滌焚을 넘어

생명의 땅

남쪽별의 원만圓滿이 북쪽의 물을 바꾸는 흰그늘의 땅에서

연꽃이 되라!

유려한 붓놀림에 서린 절절한 울림

김지하의 글씨와 그림

유 홍 준

한국학중앙연구원 이사장

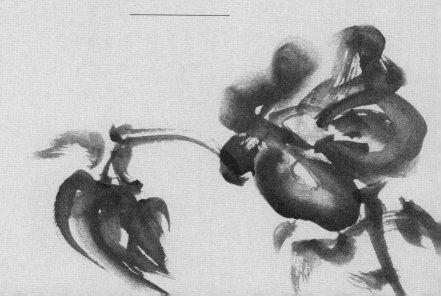

1.

　김지하는 글씨와 그림에서도 당신의 시 못지 않은 독특한 예술세계를 보여주었다. 글씨보다 그림으로 더 잘 알려져 있고 또 그림에 더 열중하였지만, 사실상 그의 그림과 글씨는 둘로 나누어지지 않았다. 그의 그림에는 반드시 거기에 걸맞는 화제가 들어감으로써 작품으로서 완결미를 갖추었으니, 서화書畫가 일체로 되는 세계였다.

　김지하의 글씨는 그의 시와 마찬가지로 기존의 정형과 법도에서 완전히 벗어나 있다. 글자의 크기가 일정치 않고 한 글자 안에서도 강약의 리듬이 강하다. 그의 난초 그림 중에는 '불계공졸不計工拙'이라는 화제가 쓰여 있는 작품이 있다. 풀이하여 '잘 되고 못 됨을 따지지 않는다'는 것이다. 이 '불계공졸'은 추사 김정희가 즐겨 사용한 문자도장으로 널리 알려진 문구이다. 그래서 추사의 글씨는 "법도를 떠나지 않으면서 또한 법도에 구속받지 않았다"는 평을 받았는데 김지하의 글씨 또한 그런 세계로 나아갔다.

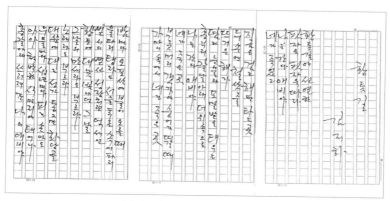

김지하, 〈황톳길〉 육필 원고(사진 유홍준)

서여기인書如其人이라고 해서 '글씨는 곧 그 사람이다'라는 말이 있는데, 김지하는 한글과 한자 모두 독특한 자기 서체를 갖고 있다. 그의 작품 중에는 추사를 본받아 썼다며 '방 추사倣秋史'라 밝힌 작품도 있고 간혹 예서체와 전서체를 구사하기도 했지만, 김지하 글씨의 본령은 역시 초서와 행서의 필법에 의지한 울림이 강한 한글 서체에 있다고 할 수 있다.

김지하 글씨의 필획은 대단히 유려하다. 흘림체가 갖고 있는 특성을 살리면서 한 글자 안에서 크기를 달리하여 그가 200자 원고지에 쓴 〈황톳길〉을 보면, '황' 자에서 ㅎ과 ㅇ의 크기가 다르고 '핏자국'은 세 글자가 크기가 다 다르다. 이것을 붓글씨로 쓴 「불귀不歸」의 첫 행 '못 돌아가리'를 보면 더욱 명료히 드러난다. 특히 그의 붓

글씨에서는 붓에 가하는 힘을 달리하여 글자의 짙고 옅음이 리듬으로 나타나고 있다. 그리하여 김지하의 글씨는 기본적으로 유려한 가운데 무언가를 호소하는 듯한 절절한 울림이 있다.

김지하는 한글 서체만으로 본격적인 작품을 남긴 바 없지만, 1991년 어느 날 인사동 평화만들기 카페에서 만취한 상태에서 단숨에 써 내려간 이용악의 〈그리움〉이라는 시를 외워서 쓴 것을 보면 그의 글씨가 갖고 있는 내공이 여실히 드러나 있다.

2.

김지하가 본격적으로 난초 그림을 그리기 시작한 것은 1980년 12월, 오랜 감옥 생활 끝에 출소한 뒤 원주에 칩거하면서 무위당 장일순 선생의 영향과 지도를 받으며 '지하 난芝河蘭'의 세계를 펼쳐 나갔다.

무위당의 난초는 잡초처럼 그리면서 스스럼없는 필법에 허허로운 경지를 보여주고 있는데, 김지하의 초기 난초 그림을 보면 이와 달리 기본적으로 춘란春蘭의 매끄럽고 날렵하고 유려한 곡선미를 특징으로 하고 있다. 그리고 거기에 어울리는 화제를 그의 독특한 글씨로 써넣어 작품으로서 완결미를 보여주었다. 80년대 전반기 김지하는 오랜 세월 감옥에 있으면서 보고 싶었던 벗, 선생, 후배들을 위해 많은 난초를 그렸다. 1983년 어느 날, 내가 원주로 찾아뵈러 갔을 때 나뿐만 아니라 내 벗들에게 줄 난초 그림을 그려 봉투에 담아두고 이름 대로 전해주라고 하였다.

정판교는 말하기를 "내가 난초를 그리는 것은 단순히 즐기기 위함이 아니라 이를 갖고 세상을 위하여 애쓰는 사람을 위로하기 위함이다."라고 하였는데, 김지하의 난초 그림은 바로 그런 것이었다. 실제로 80년대를 풍미한 재야단체의 기금마련전에 김지하는 수많은 난초그림을 희사하였다.

김지하의 난초는 1986년 해남 시절에도 유려한 난엽의 아리따움을 자랑한다. 그러나 90년대 들어와 일산 시절에는 바람에 나부끼는 풍란風蘭으로 바뀐다. 화제부터 달라졌다. 비근한 예로 한〈풍란〉작품에는 '이착연 경지무구履錯然敬之無咎'라는 글이 쓰여 있다. 이는 주역 64괘 중 30번째인 이離괘의 초구初九를 풀이한 것으로 "밟음이 공경스러우면 허물이 없다"는 것을 나타낸 것이다. 그런 함축미를 담은 것이다. 그리고 2001년 11월, 김지하는 인사동 학고재에서 개인전을 가지면서 자신의 난초 그림에 대하여 세 가지를 말하였다.

첫째는 표연난飄然蘭: 혼돈카오스 속에서 새 질서를 찾는 난.

둘째는 소산난疏散蘭: 흩어진 가운데 새 질서를 찾는 난.

김지하, 〈묵난: 기우뚱한 균형〉, 2001(사진 유홍준)

셋째는 몽양난夢養蘭: 태고의 무법을 지키는 난

이러한 김지하의 난초 그림이 지향하는 세계는 한마디로 '기우뚱한 균형'이었다. 그것이 김지하가 늘 강조해온 '미美의 율려律呂'였다. 우리는 김지하가 동학에 심취하여 전통사상을 다시 우리시대에 소환하였음은 모두가 알고 존경하는 바이지만, 한편 김지하는 동서양의 고전도 파고들어 존재와 현상의 제 법칙을 깊이 있게 성찰하였다. 그 대표적인 동양사상의 예가 『주역』을 깊이 있게 탐구한 것이다. 동학에 심취한 김지하가 불교의 달마도를 그린 것도 그렇다. 이에 대해 김지하는 "동학은 내 실천의 눈동자요, 불교는 내 인식의 망막이다."라고 명확히 말했다.

동양 사상뿐만 아니다. 서양 미학과 미술에도 심취하여 김지하는 나 같은 후배에게 헤겔의 제자인 칼 로젠크란츠K. Rosenkranz, 1805~1879의 『추醜의 미학』을 읽으라고 권하였고, 이탈리아 형이상학파 화가인 키리코Giorgio de Chirico, 1888~1978나 멕시코의 민속 주제를 현대회화로 승화시킨 타마요Rufino Tamayo, 1899~1991 같은 화가에 주목하라고 훈도하였다.

김지하의 이런 예술적 성찰은 난초 그림보다도 2000년대 들어와 보여준 매화와 달마 그림에 더 잘 나타나게 된다.

2014년, 김지하는 인사동 선화랑에서 본격적인 작품전을 가졌다. 원주의 후배 김영복의 기획으로 이루어진 이 전시회에는 묵매도, 달마도, 수묵산수도, 그리고 채색 모란도 등으로 다채롭게 구성되었다.

이때 보여준 김지하의 매화 그림은 그야말로 '추의 미학'이고 '밟아도 공경스러우면 허물이 없는' 세계였다. 김지하는 스스로 말하기를 본래 난초는 선비들이 즐겨 그리는 문인화이기 때문에 자신에게 잘 어울리지 않았다고 했다. 그러나 매화는 달랐다. 기굴한 농묵濃墨의 매화 줄기에 작은 담묵淡墨의 꽃송이가 빼곡이 피어난 모습은 그의 화제대로 "괴로움 속의 깊은 기쁨"이었다.

그리고 김지하는 여기서 한 발자국 더 나아가 수묵산수화를 그렸다. 농묵과 담묵이 카오스를 이루면서도 미묘한 조화를 이룬다. 그가 추구해온 대로 화면 속에 '기우뚱한 균형'이 유지된다.

그는 작가의 변에서 이렇게 말했다.

> 수묵산수는 우주의 본체에 대한 접근이다. 서양화의 사실주의와 다르다. 산어두움과 물밝음, 농경과 유목 문화의 대비 등을 담채와 진채眞彩로 드러내 보았다.

김지하가 이렇게 본격적으로 그림의 세계에 몰입한 것은 〈달마도〉에서 그 진가가 나타난다.

달마도는 상징적이고 초현실적인 인물화인데, 인물화는 여간한 아마추어는 그릴 수 없다. 그림에 대한 숙련이나 천분이 있지 않고는 그릴 수 없다. 김지하에게는 일찍부터 그것이 있었다. 『대설 남南』의 표지화 그림이나 1986년 그림마당 민 개관기념전에 출품되었던 춤추는 호랑이를 그린 〈공갈무도恐喝舞圖〉는 오윤의 〈무호도舞虎圖〉와 쌍벽을 이루는 명화였다.

김지하는 어려서부터 그림 그리기를 좋아하였다고 한다. 사물을 보면 형상이 잡혀 그걸 그림으로 그리고 싶어 했는데, 집안 어른들이 그림을 그리면 가난을 못 면한다고 못 그리게 했단다.

그래서 손을 묶어 놓으면 발가락으로 숯을 집어 벽에 그리기도

했다고 한다. 그래서 대학도 미술과에 가지 못하고 미학과로 들어갔다.

당시 서울대 미학과는 미술대학에 있어서 데생 수업이 있었다고 한다. 그리고 김지하가 평생의 은사로 모시는 동양미학의 김정록 교수는 당신이 화가이기도 하여 사군자와 수묵화를 직접 가르쳤다. 이런 소양이 김지하의 달마도라는 새 장르를 낳았다.

김지하의 달마도는 연담 김명국의 저 유명한 〈달마도〉의 달마와 달리 '코믹 달마'로 선승禪僧을 달마의 형상으로 표현한 것이다. 김지하 자신은 이 '코믹 달마'가 만화로 전락하지 않을까 경계하면서 달마의 표정과 거기에 어울리는 선게禪偈 한마디를 화제로 써넣어 그가 역설적으로 말하는 '초현실적 현실'을 담아냈다. "꽃이 지다.", "이 푸른 신새벽에 일어나 무엇을 하려는가." 등 화제에 따라 달마의 얼굴 표정과 눈동자의 모습이 다르다. 이를 보면 김지하의 달마도는 그림과 글씨와 시구가 삼박자를 이루며 시서화詩書畵가 일체를 이룬다.

그리고 김지하는 이 달마도를 빌려 자신의 〈자화상〉을 한 폭 그렸는데, 우락부락하기 그지없는 상으로 눈썹이 휘날린다. 왜 그렇게 그렸냐고 물으니 웃으며 대답하기를 자신은 눈썹이 잘생겼다고 했다.

굽히지 않는 저항과 용기 있는 투쟁으로 한 세상을 살아온 불굴

김지하 〈자화상〉, 2014(사진 유홍준)

김지하, 〈모란꽃〉, 2014년(사진 유홍준)

의 투사이면서도 김지하의 일면에는 여린 순정이 있었다. '아침 햇살에 빛나는 영롱한 나팔꽃'같은 밝은 서정도 있다. 그런 순정과 서정을 그린 것이 채색 모란도이다. 붉은색 물감을 몰골법沒骨法으로 단숨에 뭉쳐 풀어낸 속필速筆의 꽃송이가 청순하고 싱그럽기만 한데, 화제는 "이월 보름은 봄이 가깝다."라고 희망을 말하기도 하고, "모란도 갈 길을 간다네"라며 아쉬움을 말하기도 한다. 그래서 그의 채색 모란도는 화사하면서 '애린'을 생각게 하는 아련한 아픔이 동반된다. 김지하는 전시회 팸플릿에서 이렇게 고백하였다.

내가 어려서 제일 그리고 싶었던 건 뜰 뒤의 모란이었습니다.

김지하는 결국 그런 모란꽃을 화사한 채색화로 그리고 세상을 떠났다.

김지하는 위대한 시인이자 동시에 위대한 현대 문인화가였다.

● 김지하 시인의 삶 ——————————————————
　 김지하 작품집

부록

황지우의 사진전에서 백기완과 함께한 김지하(1999.04.14 사진: 경향신문 제공)

김지하 시인의 삶

1941. 2. 4.	아버지 김맹모와 어머니 정금성 사이의 아들로 목포에서 출생. 본명은 김영일金英一.
1953. 3.	목포중학교 입학.
1954. 3.	원주중학교 2학년 편입.
1959. 3.	서울중동고등학교 졸업. 서울대학교 미술대 미학과 입학.
1961.	미학과가 문리대로 편입되어 '우리문화연구회' '연극반' 등에서 활동하며 전통문화에 대한 소양을 얻고, 현실을 이해하는 시각을 다짐.
1963. 3.	〈목포문학〉에 '저녁이야기'라는 시를 김지하金芝夏 필명으로 첫 발표.
1963. 겨울	원주의 한 다방에서 시화전을 열고 가톨릭에 대한 깊은 관심을 표현.
1964.	박정희 정권의 굴욕적 대일외교에 반대하는 서울대학교 문리대 시위에서 '조弔 민족적 민주주의 장례식'의 조사弔辭를 작성하고 주동함.
1964. 6. 3	계엄령 발효 - 이른바 6.3사태 발발
1965	일본 도쿄에서 한일기본조약과 4개 협정이 조인되고, 8월 26일 위수령이 발동되어 1년 넘게 진행된 6.3사태는 막을 내림.
1966	6개월 간 도피를 끝내고 1966년 초 복학하여 졸업을 하였으나 폐결핵 악화로 서대문시립병원에 입원, 요양치료를 받고 1969년 6월 퇴원.
1969. 11.	〈시인〉지에 「황톳길」「비」「녹두꽃」 등의 시를 발표함으로써 공식적으로 등단.

1970.	〈사상계〉 5월호에 담시譚詩 '오적五賊'이 발표되고, 이어 6월 1일 민주당 당보 〈민주전선〉에 게재되어 20만부가 배포됨. 김지하 등 4명이 구속된 후 9월 8일 보석으로 석방되었고, 재판과정이 신문에 대서특필되면서 김지하란 이름이 일약 세계에 알려짐. 11월, 평화시장 노동자 전태일 분신 후 후배들의 요청으로 조시弔詩「불꽃」을 작성.
1971.	서울 문리대 연극반 1971년 봄학기 공연에 김지하가 직접 집필하고 연출을 맡은 〈구리 이순신〉〈나폴레옹 꼬냑〉이 당국의 불허로 무산됨. '민주수호 국민협의회'의 결성에 참여한 후 원주로 내려가 천주교 농촌협동운동 기획위원으로 활동. 단구동 성당에서 영세를 받음. 10월 천주교 원주교구 지학순 주교와 대규모 '부정부패 규탄대회' 주도.
1972. 4.	천주교 잡지 〈창조〉에 담시「비어蜚語」를 발표한 후 4월 12일 검거되어 반공법 위반으로 입건, 마산국립요양원에 강제 연금됨.
1973. 4. 7.	김수환 추기경 주례로 소설가 박경리의 외동딸 김영주와 결혼.
1973. 11. 5.	서울 YMCA에서 '민주회복을 위한 시국선언문' 발표에 참여.
1974. 4. 3	'전국민주청년학생총연맹' 사건으로 긴급조치 4호가 발동되고 김지하는 4월 25일 흑산도에서 검거됨.
1974. 7. 13.	비상보통군법회의에서 사형을 선고받은 후 무기징역형으로 감형. 일본의 동포작가와 일본작가들을 중심으로 '김지하를 돕기 위한 모임' 발족. 세계의 저명 지식인들이 김지하의 석방을 요구하는 호소문에 서명.

1975. 2. 15.	형 집행정지로 출옥.
	〈동아일보〉에 「고행-1974」를 발표하여 조작된 인혁당사건의 진상을 폭로.
1975. 3. 13.	반국가단체 찬양·고무죄로 체포되어 재구속됨.
	'자유실천문인협의회' 김지하의 체포에 항의하는 성명을 발표.
1975. 6. 25.	'아시아·아프리카 작가회의'에서 '로터스상 특별상'을 김지하에 수여.
	8월 4일 옥중에서 쓴 '양심선언'이 일본 도쿄에서 발표됨.
	이후 독서, 운동, 통방, 접견이 금지된 가혹한 보복을 당함.
1976. 12.	재판부가 무기징역에 덧보태어 징역 7년, 자격정지 7년을 선고.
1977. 1.	1년 10개월 만에 가족과 면회.
1978. 3.	'김지하구출위원회' 위원장 김병상 신부가 결성됨.
1980. 12.	박정희가 시해된 후 전두환 정권에 의해 형집행정지로 석방됨.
1981.	'세계시인대회'가 주는 '위대한 시인상'을 수상.
1982.	「생명운동에 관한 원주 보고서」 일명 '생명의 세계관 확립과 협동적 생존의 확장' 기초.
	한국전통민중사상을 재해석한 「대설 '남南'」 집필 시작.
1983.	실천문학사에서 『사상기행1, 2권』 발행.
1984. 4.	'밥이 곧 하늘'이라는 명제로 민중생명사상을 담은 이야기 모음집 『밥』 발간.
1985.	원주에서 해남으로 이주.
1988. 4.	수운 최제우의 삶과 죽음을 장시로 쓴 『이 가문 날에 비구름』 발간.

1989.	생명운동단체 '한살림모임'의 창립에 참여하고, '한살림선언'을 공동 작성.
1990.	천도교중앙대교당에서 〈개벽과 생명운동〉 강연.
1991.	〈조선일보〉에 〈젊은 벗들 역사에서 무엇을 배우는가〉 투고. 속칭 '죽음의 굿판을 걷어치워라'로 알려지면서 필화로 번짐.
1994	생명가치를 찾는 민초들의 모임생명민회 창립.
1995.	칩거, 투병생활을 하면서 '생명운동'에 대한 반성과 새로운 문화운동을 모색. '신풍류회의' 창립.
1998. 8.	'율려학회'를 조직하여 '신인간운동'을 주창.
1999.	전통연희극 〈세 개의 사랑이야기〉를 위한 생명시 8편 창작.
2000. 12.	'독도 찾기 운동본부' 상임대표를 맡음. 『실천문학』 여름호에 '죽음의 굿판' 발언에 대한 유감 표명.
2001. 5.	명지대학교 국어국문학과 석좌교수~2004 역임.
2002.	시집 『화개花開』실천문학사 출간. 정지용문학상·만해문학상·대산문화상 수상.
2003-2006	경기도문화재단 후원으로 '세계생명문화포럼_경기' 4회에 걸쳐 개최. 추진위원장 역임.
2004. 7.	한국예술종합학교 석좌교수. 시집 『유목과 은둔』창작과 비평사 출간.
2005.	영남대학교 교양학부 석좌교수.
2006.	시집 『새벽강』『비단길』시학 출간. 만해대상 수상.
2007. 9.	동국대학교 석좌교수.
2008.	원광대학교 원불교학과 석좌교수. 시집 『시 삼백』 3권자음과 모음 출간.
2010.	경암학술상 예술부문 수상.

2011.	민세상 사회통합부문 수상.
	시집 『시김새』 2권신생 출간.
2013.	건국대학교 대학원 석좌교수.
2015~2021	은둔, 칩거, 투병생활.
2018.	마지막 시집 『흰 그늘』, 마지막 산문집 『우주생명학』 출간.
2022. 5. 8.	강원도 원주시 자택에서 별세.

김지하 작품집

〈 시집 〉		
연도	시집 명	출판사
1970	『황토』	한얼문고
1974	『김지하 시집 오적·황토·비어』	아오키서점일본
1975	『不歸』	중앙공론사일본
1976	『김지하 전집』	한양사일본
1982	『타는 목마름으로』시선집	창비
1984	『황토』재출간	풀빛
1984	『大說 南』	창비
1985	『생명으로 쓰는 시』	산하
1986	『애린 1』	실천문학
1986	『검은 산 하얀 방』	분도출판사
1986	『애린 2』	실천문학
1987	『김지하 譚詩 모음집』	동광
1988	『이 가문 날의 비구름』장시	동광
1989	『별밭을 우러르며』	동광
1991	『김지하 전집』서정시, 담시	동광
1991	『마지막 살의 그리움』시선집	미래사
1991	『타는 목마름에서 생명의 바다로』장시	동광

1991	『말뚝이 이빨은 팔만사천 개』^{담시전집}	동광
1993	『결정본 김지하시 전집 1·2·3』	솔
1993	『밤나라』	솔
1993	『모란 위 四更』	솔
1994	『중심의 괴로움	솔
1996	『빈 산』	솔
1999	『꽃과 그늘』^{시선집}	실천문학
2002	『화개花開』	실천문학
2003	『절, 그 언저리』^{수묵 시화첩}	창비
2004	『유목과 은둔』	창비
2006	『새벽강』	시학
2006	『비단길』	시학
2009	『못난 시들』	이룸
2010	『시 삼백 1-3』	자음과 모음
2010	『산알 모란꽃』	시학
2010	『흰그늘의 산알 소식과 산랑의 흰그늘 노래』	천년의 시작
2012	『시김새 1-2』	신생
2018	『흰 그늘』	작가

⟨ 산문집 ⟩

연도	산문집 명	출판사
1984	『민족의 노래 민중의 노래』	동광
1984	『밥』	분도
1985	『남녘땅 뱃노래』	두레
1987	『살림』	동광
1991	『뭉치면 죽고 헤치면 산다』	동광
1991	『한 사랑이 태어나므로』	동광
1991	『생명, 이 찬란한 총체』	동광
1991	『이것 그리고 저것』	동광
1991	『김지하전집』 산문집1,2	동광
1992	『생명』	솔
1992	『모로 누운 돌부처』	나남
1995	『밥』 재출간	솔
1995	『틈』	솔
1995	『님』	솔
1997	『생명과 자치』	솔
1999	『예감에 가득 찬 숲 그늘 : 김지하 미학강의』	실천문학
1999	『율려란 무엇인가 : 김지하 율려 강연 모음집』	한문화
1999	『사상기행 1-2』	실천문학
2000	『옛 가야에서 띄우는 겨울 편지』	두레
2002	『김지하 전집 1-3』	실천문학
2003	『흰 그늘의 길 : 김지하 회고록 1-3』	학고재

2003	『생명학 1-2』	화남
2003	『사이버 시대와 시의 운명』	북하우스
2004	『탈춤의 민족미학』	실천문학
2005	『흰 그늘의 미학을 찾아서 : 미학강의』	실천문학
2005	『생명의 평화의 길 : 김지하 산문집』	문학과 지성
2009	『방콕의 네트워크』	이룸
2009	『새 시대의 율려, 품바품바 들어간다』	이룸
2009	『디지털 생태학』	이룸
2009	『촛불, 횃불, 숯불』	이룸
2010	『춤추는 도깨비』	자음과모음
2013	『김지하의 수왕사』	올리브
2013	『김지하의 문예이론』	국학자료원
2014	『초미, 첫 이마』	다락방
2014	『아우라지 미학의 길』	다락방
2018	『우주생명학』	작가

〈 희곡집 〉

연도	희곡집 명	출판사
1991	김지하 전집 中 희곡집	동광
	『나폴레옹 꼬냑』[1970], 『구리 이순신』[1971],	
	『금관의 예수』[1972], 『진오귀』[1973],	
	『소리굿 아구』[1973] 수록	

화보

김지하 시인 장례식

- 2022년 5월 11일 김지하 시인 묘소

사진 김봉준

김지하 시인 추모 문화제

- 2022년 6월 25일 천도교중앙대교당

사진 장성하, 김봉준

김지현시인 추모문화제

때 : 2022. 6.25.(토) 오후 3시   곳 : 진도교 대교당   주최 : 김지현시인 추모문화제추진위원회

목포 김지하 문화제
- 2022년 8월 27일 목포 김대중노벨평화상기념관

사진 김봉준

김지하, 타는 목마름으로 생명을 열다

등록 1994.7.1 제1-1071
1쇄 발행 2022년 12월 25일

편　저	김지하시인추모문화제추진위원회
지은이	김봉준, 김사인, 김용옥, 김형수, 문정희, 미야타 마리에, 송철원, 염무웅, 유홍준, 이기상, 이동순, 이부영, 이청산, 임진택, 전범선, 정성헌, 정지창, 주요섭, 채희완, 최열, 최원식, 함세웅, 홍용희, 홍일선, 황석영
펴낸이	박길수
편집장	소경희
편　집	조영준
관　리	위현정
디자인	이주향
마케팅	조영준
펴낸곳	도서출판 모시는사람들
	03147 서울시 종로구 삼일대로 457 (경운동 수운회관) 1207호
전　화	02-735-7173, 02-737-7173 / 팩스 02-730-7173
홈페이지	http://www.mosinsaram.com/
인　쇄	피오디북(031-955-8100)
배　본	문화유통북스(031-937-6100)

값은 뒤표지에 있습니다.
ISBN　　979-11-6629-147-0　03810